謝振宗

臺南映象

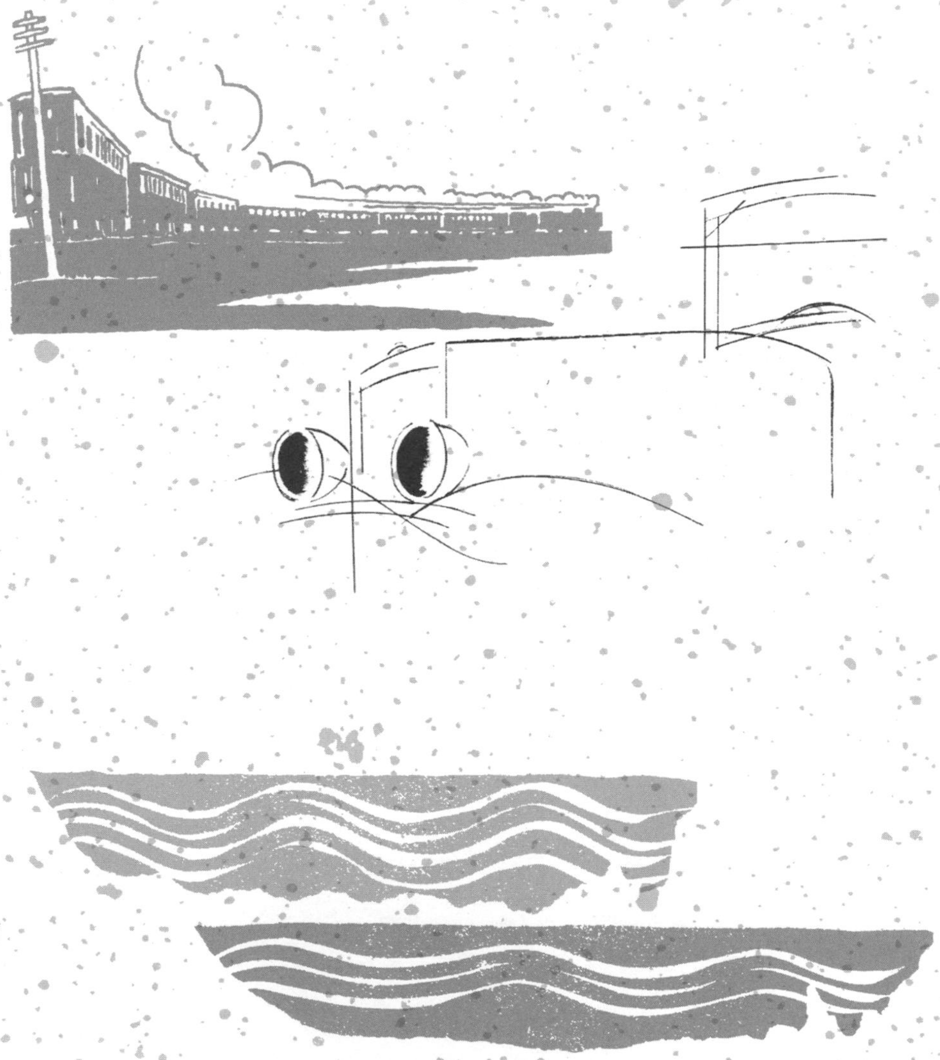

局長序　臺南繁花盛開　文學盡訴衷曲

臺南是一座屬於自然的城市：燦爛奪目的陽光照耀大地，盛開的蓮池飄散著清甜幽香；萬紫千紅的蝴蝶蘭綻放飛舞，隨著水雉展翅翱翔天際。

臺南是一座處處有情的城市：無論是鳳凰花開的離別衷曲，或是晚秋雨中的詩意採菱；冬夜漁家的揚帆滿載，還是稻香大地的揮汗淋漓，臺南斯土斯民、豐榮物產，透過文學的魔力，都成為這座城市最美好的風景。

臺南是一座萬紫千紅的城市，適合人們作夢、幹活、戀愛、結婚、悠然過生活。落花水面、好鳥枝頭、豐饒物產、人文風情，在在都撩動文人的心思，將書頁上的文字揮灑於吹拂的南風中，走過一頁頁歌詠的篇章。

致力發揚文學魅力的《臺南作家作品集》，每輯都嚴選作品、邀請在地優秀作家創作，為城市中的文學多元樣貌打造更安身立命的生長環境。本次第八輯收錄三位作家作品及四位推薦邀約作品，合計七部優秀的臺南文學作品集，文類跨越詩、散文、小說、兒童文學，承襲以往各輯的兼容並蓄。

本輯徵選作品中，謝振宗《臺南映象》以臺南地景人文發抒，詩作深入淺出、極富意象；陳志良詩集《和風人隨行》意境高遠，語言和表達手法富創意，讀來頗有興味；林柏維《天光雲影【籤詩現代版】》以寺廟籤詩與作者四行小詩對比打造現代版籤詩，構想傑出、別具匠心。推薦邀約作品方面，則有對臺灣文學研究與翻譯極具奉獻的《落花時節：葉笛詩文集》；治史嚴謹且懷抱人道精神的《許達然散文集》；一生奉獻臺灣新劇的日治文學創作家林清文所著小說《太陽旗下的小子》；熱愛兒童文學因此創作豐富多彩的《陳玉珠的童話花園》。

今日的選輯，許多早已膾炙人口，更為明日本土經典生力軍。臺南文學永續耕耘，期待才人輩出、代代相承，一朝風采昂揚國際，盡訴古都衷曲。

臺南市政府文化局　局長

葉澤山

總序　文學森林的新株

文／李若鶯

臺南，文學藝術的城市，與文學相關的活動、文學的人才、文學的刊物，在國內都能引領風騷，堪稱一座文學的森林。在這座森林裡，有個區塊，是文化局兢兢業業經營的，自闢地以來，持續開墾，蒐尋適合種植的樹木，每年選種幾棵新的樹，掖肥使其根深枝茂長大成蔭，這就是「臺南作家作品集」。

一〇七年度「臺南作家作品集」第八輯，經編審委員多次開會討論審核，出版書單如下表：

編號	作品名稱	作者／編者	類別	備註
1	太陽旗下的小子	林清文　著 李若鶯　校並序	長篇小說	推薦邀稿
2	落花時節：葉笛詩文集	葉笛　著 葉蓁蓁／葉瓊霞　合編	詩文選集	推薦邀稿

編號	作品名稱	作者／編者	類別	備註
3	許達然散文集	許達然 著 莊永清 編	散文選集	推薦邀稿
4	陳玉珠的童話花園	陳玉珠 著	兒童文學	推薦邀稿
5	和風 人隨行	陳志良 著	現代詩集	徵選
6	臺南映象	謝振宗 著	現代詩集	徵選
7	天光雲影【籤詩現代版】	林柏維 著	現代詩集	徵選

從書單看起來，可以觀察到二個現象：一、現代詩佔了二分之一，其中徵選來的，都是現代詩。二、作者不是已經謝世，就是已年逾花甲。

作家作品集的設置，原本就有向本地卓越或資深作家致敬、流傳其作品的用意，表列前三位的專書，更是基於這樣的意涵。

林清文（1919-1987）是跨越語言一代的鹽分地帶代表作家之一，名列「北門七子」，其哲嗣林佛兒（1941-2017）也是臺灣著名作家。林清文最為人稱道的是曾經為臺灣早期舞台話劇的旗手，編導演之全才，以「廖添丁」一劇風靡全臺，惜劇本散佚，傳世作品只有寥寥幾首詩和一冊長篇小說。小說初以「愚者自述」為名，在《自立晚報》連載，增刪修改後改題「太陽旗下的小子」出版，早已絕版，今重新梓刊，由其媳婦李若鶯校編。日本殖民時期的臺灣人，因為族群、居住空間、殖民身分的時間長短、教育程度等等諸多不同因素的制約，對殖民者日本的感情十分複雜，感恩愛戴、懷恨憎惡的皆有之。林清文屬於一心向漢、敵視日本者，本書由作者出生追述到二十歲，對日治時期的農村、教育、個人生活與情感的糾葛等等，都作了告白式的敘述。

葉笛（1931-2006），如果你的時代、你的活動空間和葉笛重疊，如果你也喜歡文學，而你不曾和葉笛有交集，錯肩如陌路，那真是一種損失。因為他的作品，都是人品的印證、生命的履跡。我常懷想他辭世前二、三年，我和林佛兒與葉笛夫婦時相過從、縱歌放論的快意時光。葉笛的創作，雖然以散文和詩為主，他晚年一系列對臺灣早期作家的論述，篇篇擲地有聲，是研究臺灣文學非常重要的文獻。本書由葉笛哲嗣葉蓁蓁與葉瓊霞教授合編，精選其散文與詩作佳篇，希望讀者讀的不僅是作品，也能由其中看見一位人格者的內在風景。

許達然（1940-），國際知名清史和臺灣史研究學者，臺灣當代最重要的散文家，也是一位重量級評論家與優秀詩人。國內身兼研究學者和創作作家而都能遊刃有餘如許達然者，並不多見。許達然自年輕留學美國後，即旅居美國，但和國內學界、藝文界紿終保持密切聯繫，作品迄今發表不輟。許達然和葉笛為至友，葉笛臨終前臥床數月，許達然幾乎每日從美國來電殷殷致問，情義感人。本書由莊永清教授選編，許達然的散文很有個人的獨特風格，特別在語言方面，盡量不用成語熟語，創造許多獨創的活潑語詞，讀其詩文，每有別開生面的驚歎。

本輯還有一本邀稿作品，是陳玉珠（1950-）自選集《陳玉珠的童話花園》。陳玉珠是國內知名童話作家，得獎無數。我常抱憾臺灣的童書有二大缺失：一是題材傳統守舊，老故事說來說去，卻又不能因應時代變化給予進步的思想引導；一是語言的文學性貧弱，故事是說了，情節是交待了，卻不能順便提升讀者（特別是兒童、少年）文學美學的薰陶。從這個角度看，本書是改良童書。作者自其歷來創作中精選三分之一成書，作者本身也是畫家，所以其故事充滿豐富的形象描繪，每每使讀者眼中看的是文字，腦中浮現的卻是一幕幕影像。

本輯另有三本徵選出列的作品，都是現代詩。

陳志良（1955-）是資深知名書畫家，其實，他寫詩的資歷更早，在高中時期就開始了，雖然他後來以繪畫和書法馳名，詩也沒有因此擱淺，他一直沒有停止以詩的方式記錄他的生活、他的思想、他的情感。他把詩，用繪畫般的書法表現，或題寫在畫幅中，早期文人以詩書畫三絕為藝術追求的至境，我個人認為，陳志良的作品，不管是繪畫或書法，都是詩、書、畫交融的表現。本書為作者寫詩四十餘年的自選集，作者的心境和生命觀，其實，已體現在書名中。

臺灣的作家，有很多同時是教育工作者，也許因為他們的學養，使他們具備寫作的技巧，他們從事的是與「人」相關的工作，觀察閱歷既多，塊壘自然形成，在一吐為快的催化下，作品於焉誕生。但也不可晦言，教職者的創作與專業作家相較，常顯得在語言的活潑與題材的創意方面略遜一籌。本輯二位徵選脫穎的教師作家，卻難能可貴的表現了專業作家的水準。謝振宗（1956-）在臺南教育界服務三、四十年，因地隨事摭拾而成詩，把與臺南相關的都為一集，《臺南映象》留下歷史的紀錄，也留下個人的行蹤形影。林柏維（1958-）的《天光雲影【籤詩現代版】》，看標題就很吸引人想一探究意。我年輕時，曾想過把中國經典《詩經》的每一首，都改寫為現代詩，行動力不足，沒能實現。林柏維的作品並非改寫，而是被「籤詩」觸動後的自由發想，每首詩既是自己的情思哲理的映現，又要與原籤有所呼應，若即若離，不即不離，更不容易，是首開前例的作品。

最後，恭喜臺南市的作家有機會出版、流傳他們的佳作大著，恭喜臺南市政府，轄下有這麼多文學人才，年年有優秀的作品再接再勵。希望以後有更多樣的書籍、更多年齡層的拔秀作家，一起徜徉府城這座文學森林。

代序　吟味《臺南映象》

文／龔顯宗

謝振宗校長詩集《臺南映象》凡一百二十二首，含詩序與「台江詩意」、「府城逸趣」、「南瀛風情」三集，內容全為臺南的映象而詠讚。

〈詩序〉開宗明義就說：「這些對鄉土綿綿不斷的依戀／每每於夢裏緊緊催促著。」鄉土之戀、故園之思正是全書的主旨。

第一輯「台江詩意」二十首記載台江大廟興學與文藝活動，身為土城高中校長，須讓學生認識台江豐富的人文歷史。文史工作者在海尾朝皇宮展開社區營造，校長詩人扮演了領航者的角色。

〈台灣是奶娘親像甘露落塗〉說：「台灣是奶娘／也是今年猴年行大運／我們共同探討並形成共識的主題。」以此應和黃徙與莊華堂詩語。

〈夜飲夜唱台江泮〉顯現非常重視友誼，在端午、中秋佳節「爭論台語文暨台文的語意／連同意象經營的繁簡或認同」，帶來「好酒好茶好詩好風景」。

作者擅長化俗為雅：「原來薄星草壑旁／也能栽植風鼓樹／夏季開花宛若牡丹／飄浮於雲端／蒼茫中帶來／台江海風的鹹味」。「或者等待秋季結實纍纍／紫紅醬果鋪滿地面／雖惹得行人注目／何妨靜坐觀賞」。「撿拾釀醋者親自說明／枝葉雙雙對對／何以能萬年富貴呢」。（〈雲頂牡丹之一、雲頂牡丹上婧氣〉）將口語、俗語冶於一爐，火候已臻上乘。

台灣像隻海翁，台江內海如海翁堀，肚臍空（孔）在鹿耳門出海口，淡水河像海翁嘴，頭佇台北，宜蘭像海翁頂上噴水口，嘉南平原是腹肚，恆春似尾巴，中央山脈如龍骨，〈台江海翁堀〉歸結於大廟興學。

〈鹿耳門港見聞錄〉分兩部分，一為「英雄樹下繫馬」訴說鄭成功這位騎鯨英雄。其二「渾然天成」頌讚主祀國姓爺的鎮門宮。

〈四草綠色隧道〉告訴讀者：「水筆仔、海茄苳、欖李、五梨跤合稱四草。」

〈台江詩社二〇一八春酒〉寫文士雅集。〈離海水上近的桐花〉云：「雖然說花蕊心事無人知／微風輕吹撫慰後／濱臨海湄的桐花／正以疼惜思緒／霑濡晨露／娛樂遷徙而來的貴客……邀約聆聽海湧跤步聲／傳遞桐花盛綻的喜訊。」將典故、歌曲、俗語合而為一。

第二輯「府城逸趣」二十六首，詠古蹟、景觀。〈千禧鳳凰〉後記說府城地理像鳳凰，鼻孔在普濟殿，眼在赤崁樓，兩翼一往玉皇宮，一往五妃廟，心臟在上帝廟，尾巴則在東門圓環與東門城之間。〈老茶舖〉、〈度小月〉、〈安平豆花〉寫飲食。〈神農街〉寫老屋、老店。〈淺草新天地〉寫正興老街布莊、西瓜綿、虱目魚、東坡肉、竹筍絲、蕃薯貢圓薑湯。〈普濟街〉頌王爺、觀音。〈安平老街〉寫熱蘭遮城遺址、第一街、開台媽祖、洋行。〈有碑無文〉說的是二二八紀念公園：「彷彿槍聲響起／煙硝瀰漫／多少無頭公案／總在清算鬥爭中／隱匿季節更遞的面貌」。

〈夕陽餘暉〉說安平海灘，〈祭江〉記龍舟競賽，〈封印圓壇〉錄鹿耳門天后宮送神活動。〈冬月造訪開元寺〉發思古之幽情，由七弦竹憶竹林七賢、鄭經母董氏。

第三輯「南瀛風情」記原臺南縣三十一鄉鎮併入臺南市者，凡七十六首。每區一，間有二至數首者。

〈思齊往哲——斯庵〉云：「無故被颱風漂泊到府城街坊／再移居至目加溜灣／傳授醫療與文教／怎樣紮根於風土民情」「想想教授漢語古典文學／本是東吟詩社的職責／我們皆能延續子孫命脈／學習禮教儀態，四書五經／即使移植自寧波海曙／亦無損當初曾經許下的諾言」「Sim Kong-bûn 是您閩南語發音／文開是字，斯庵是號／『海東文獻初祖』是您的譽稱／雖然後半生因緣停駐善化／仍遙想故里家園的風雨」「最後陪伴文昌帝君／並列供奉於香火鼎盛的慶安宮／仔細聆聽來來往往的香客／訴說這段傳奇逸事」。沈光文遭讒而至大岡山超峰寺，轉往羅漢門，移居目加溜灣社。清康熙帝將台灣併入版圖，沈氏與詩友組「福台新詠」，諸羅縣令季麒光加入，改稱「東吟社」。

謝校長以民謠〈一隻鳥仔哮啾啾〉為題，詠北門區，〈本事〉記佳里小雅園。〈詩記八田與一〉因雕像被割頭事件而撰，認為「無關族群紛爭……或許是季節性的偶發事件。」

作者曾在麻中主持校務，離開四年後作〈索居賦〉。〈歸鄉路〉開頭就說：「柚香隱藏在山水迷濛間。」〈柚花飄香〉則側記系列活動，皆與柚城相關。〈古厝與點心城〉才敘及麻豆古厝、小吃。

〈月津港燈節〉是連章之作，七首組詩，末為〈四季禮讚〉，以桃紅、綠荷、黃橙、藍白象徵四季。〈台灣詩路〉詠歎三月木棉花盛開，詩路音樂會的盛況。

〈大內風情畫〉夜祭哮海。〈關仔嶺之戀〉、〈石斛蘭花瀑〉、〈施無畏〉（白河林初埤木棉花道）都與白河有關。〈過火〉言學甲慈濟宮，著重楊草仙狂草、葉王交趾陶，何金龍剪黏。〈掌中戲〉談的是布袋戲。〈老塘湖藝術村〉也可一讀。

〈濱海聽濤聲〉在將軍馬沙溝。〈夢翔的風車〉寫黑面琵鷺、「風車旋轉的潟湖」，〈夢想續航〉加寫七股粗鹽、魚群、白鷺鷥、蚵架。〈檨仔花走山紅〉因芒果憶及噍吧哖事件、「西來庵的五福王爺」，末云：「藏匿著不肯屈服／祇想落地生根／綿延繁衍的台灣精神。」

梅嶺探芳蹤，重九登東山仙公廟，在新營天鵝湖領悟「荷枯祇是隨心自在中。」（〈荷塘殘夢〉）見二二八紀念碑而作〈望夫門〉：「孤寂冷清的馬場町暨六張犁／沙啞低沉地淒嚎」！冤情何時平反？

〈穀倉餐廳〉註云：「選用在地、當季食材和少使用加工食品。」這特色給了詩人靈感。關廟因奉祀關公而得名，〈紅瓦厝〉末段云：「有所謂平埔族遷徙／耕耘開墾荒地的舊社街／加上赤崁原民移駐後／天下歸仁的名號／從此傳為佳話。」收束得好。〈曾文夕照〉沉思「遐想百齡莿桐／在村民福證下永結連理」，靈感、錦心、繡口合成了佳構好詩，《臺南映象》讓府城、南瀛生色不少。

完稿於二〇一八年六月二十五日

自序　對土地的熱愛

身為臺南市高中校長服務至今已四十年，其中三十五年在臺南市任職，對故鄉有更多的期許。誠如葉老說：「沒有土地，哪有文學」希望藉由此詩集表達對臺南這塊土地的熱愛。

本詩集分台江詩意、府城逸趣、南瀛風情三輯。收集曾經發表過或近期所寫有關臺南的映象，應証台灣文學大師葉石濤所說：「台南，是一個適合人們作夢、幹活、戀愛、結婚、悠然過活的地方。」

台江詩意二十首記載台江大廟興學與文藝活動，身為台江土城高中的領航者，必須以這塊土地為出發點，讓台江子弟認識台江豐富的人文歷史，也是本校推展「台江學」的原意。

府城逸趣二十六首，詩記府城重要地誌景觀與內涵，期望小京都的名號綿延傳承，見識府城溫馨誠摯的人情味與深厚的人文關懷。

南瀛風情為原臺南縣的風情寫照，總共七十六首，詩記南瀛全部三十一區特殊風貌暨歷史情懷，藉此闡揚南瀛之美。

詩序　土地與文學

誰說沒有土地哪有文學
這些對鄉土綿綿不斷的依戀
每每於夢裏緊緊催促著
無論旅途多艱辛多崎嶇
風雨多強烈多無情
我們都必須依賴土地維生
必須親吻家鄉泥土的芳澤
化作養分滋潤生命

也許，山巔水涯處
耆老口說流傳許久的掌故
皆可書寫成璀璨詩篇
記載曾經遺留的跫音
於節氣輪轉中
尚能感受到季節更遞過程中

隱藏無窮生命力

展書閱讀，握把泥土混合汗水
走過紅磚街坊或青石鋪地的巷道
靜靜觀看過往軼事
如嫩筍冒出春泥
溫柔且輕聲細語地傾訴

何處有你我共同駐足過
共同愛戀過的葫蘆巷

【註釋】

1. 葉老曾說：「沒有土地，哪有文學」，葉老的文學創作融入許多臺南的傳統文化、老建築、舊地景，翻讀作品，一頁一頁過往的故事篇章，再現於眼前。——引用葉石濤文學紀念館資料

2. 《葫蘆巷春夢》（1968.6，蘭開）——葉石濤第一本小說集。

目錄

目錄

目錄

目錄

目錄

〈第一輯〉

台江詩意

聆聽土地的聲音

誰說大廟興學
能夠聆聽土地的聲音
能在廟口傳說中
營造咱們夢寐以求的家園

肥沃的土壤滋養萬物
仔細觀察候鳥飛翔
魚群悠游於這片台江內海
我們的夢想啊
建構在台江洋
寬廣無邊際的紅樹林裡
深深地呼喚
先民的血淚蘊藏多少
寶貴的文化史蹟
多少期待我們傳承

播種的智慧

且說梅花鹿追逐後
佇足憩息潟湖邊的白鷺鷥呢
往往在晚霞揮灑下
展翅盤旋
或偶爾親手煎煮
濃郁的當歸香味
訴說早年藥到病除
點龍眼 醫虎喉
懸絲線針灸的軼事
道盡媽祖心王爺情
真人意的神奇掌故

重回村廟，檀香嬝繞間

再度啟動公民的對話深談
祇為喚醒台江子弟的生命活力

＊後記：一群文史工作者在臺南安南區海尾朝皇宮，展開一場「大廟興學」的台江社區營造。

護國佑民

沉香縈繞裊裊飛昇中
彩燈豔麗如春
廟口有誰暢談自作自端
纔能自信自在的文化理念
凝聚大廟興學
形成一股朝聖風潮

妙手回春的傳奇掌故
自古以來一直盛傳
上白礁時
何以近鄉情怯
至於年年沿著溪水流向
尋找先民遺留的足跡
讓文化建醮的風采
結合四季風情

化作無數千手千眼
探討生命的根源
如何追溯當年
咱們遠離家鄉
思索奔跑如牝馬飛馳的意涵

＊後記：在朝皇宮聆聽鄭邦鎮局長專題演講。演講題目是「自作自端自信自在，就是文化！」是為海尾朝皇宮大廟與學台江分校的廟口沙龍講座訂題的。

一陣雨聲——

側記二〇一五年十二月
二十六日一群文友
在台江泮掀風點雅的
開場吟詩（語出林央敏）

一陣雨聲敲醒睡夢中
準備起床上網查看
今日雨勢如何飄過曾文溪畔
想像台江泮有誰一路
唱起胭脂淚，或則掌中戲
唱作俱佳的木偶收藏家
深入三國演義的文史考證
告訴我們忠孝節義怎樣兩全

至於赤子之心與傳奇相遇
竟也可能在酒酣耳熱後
欣賞森林多情的浪子
也許是初次來訪的過客
在母語劇場演出時
台客融合的情境

可說是真實人生裡
長江後浪推前浪的最佳寫照

只等雨停了
靜靜的深夜有人點閱
潑墨山水同時奉施香華
還有淅瀝淅瀝的雨滴聲

*刊載於（Poetry Road Between Two Hemispheres）第二集，西漢英三語本，由智利 Apostrophes Ediciones 於二〇一七年十月出版。

台灣是奶娘親像甘露落塗——

應和黃徙與莊華堂詩語留言

衹為尋找一棵生命樹
我們必須深入雲端
觀看映入眼簾的景色
莫非是江邊草木
兀自斜倚池邊生長著
親像甘露落塗
瞬間滲入泥土

這是我的故鄉啊
從小聽阿嬤的話
懷想當年離鄉背井
深夜裡唯能靠枕思親
唯能在禁止使用母語的年代
甭管時代背景之變遷
更無論河洛與客家

在勇渡凶險的黑水溝時
咱們都認定——
台灣是奶娘
也是今年猴年行大運
我們共同探討並形成共識的主題

*刊載於『台客詩刊』5期（二〇一六・九）

夜飲夜唱台江洋

暮色中，你我曾經停駐在漢賦興盛
或是唐宋八大家吟誦詩詞的年代

淺酌端午佳節特釀的高粱
搭配道地土產的虱目魚肚
其香醇味道攤開如台江內海
水鹿追逐裏
爭論台語文暨台文的語意
連同意象經營的繁簡或認同
讓冰凍的魚鰭殘背和土魠魚
經巧手煎熟後
我們也能享受白水木
因何在江畔邊開展風姿
無垠的水波相伴之下
不死鳥的傳說

幻化成一首首
令人動容懷念的詩歌

也許台江泮
晨霧瀰漫，細雨絲絲
風燈靜靜地懸掛樹梢
搖送之間彷彿告訴吾輩
久久中秋必有同窗情誼
帶來好酒好茶好詩好風景

深深淺淺的唸詩聲

細聽時間密碼如何打開
台江泮的黃昏依然溫馨
依然能夠在寒冷的冬至前
聚集森林某些悸動意象

台華語生動的唸詩聲
讓這批最美麗
最最瀟灑的過客
傳達港城篆刻及柴燒陶器裡
即時創作也成為風尚
更成為當年機密檔案的解碼者

無論朗誦的抑揚頓挫
高亢、低沉與溫柔
我們都可感受到胭脂淚水

對這片土地的愛護
除了鴛鴦水鴨的閒情逸趣外
期待白水木優美姿態
能夠凝神傾聽——

人夜後的唸詩聲
怎樣輕輕敲醒陳年往事

＊後記：森林也許詩社詩友林央敏、林蒼鬱、顧德莎、李昌憲、李憲祈、郭秀端、黃文成夫妻前來造訪台江泮。淺酌品茗後，大家輪流唸詩，或華語或台語，真情演出！誠如林央敏所言：在台江泮掀風點雅的開場吟詩。

續唱台江情

沿溪而行
所有美麗的傳說
總在詢問過程中
闡述當年登陸鹿耳門
望見美麗的台江內海
梅花鹿如何奔馳於草原

誰說薄星草壑
最後的抉擇仍不忘初心
無法忘懷離鄉背井的情懷
豈是大廟興學紮根於社區
開啟台江波浪
洶湧前進的腳步

或是深深淺淺的誦詩聲

聚集台客文人
儒雅的典範延續先民恩澤
留下不可磨滅
不可淹沒的歷史軌跡

＊後記：

1. 五月十八日第六任校長遴選全數通過。

2. 最後一張校長聘書（第六任）二〇一七年八月一日布達宣誓。

3. 記陳凌言——終極即無限。繼續點燃生命，然後也同樣地把它焚毀在教育界。

雲頂牡丹

1 雲頂牡丹上婧氣

原來薄星草墾旁
也能栽植風鼓樹
夏季開花宛若牡丹
飄浮於雲端
蒼茫中帶來
台江海風的鹹味

或者等待秋季結實纍纍
紫紅醬果鋪滿地面
雖惹得行人注目
何妨靜坐觀賞

撿拾釀醋者親自說明

枝葉雙雙對對
何以能萬年富貴呢

2 暗暝夢到牡丹開花佇在雲頂

白露後秋分前
竟在夢中見到蒲桃樹開花
風聲如戰鼓
迴盪於台江內海的溪畔

這時，仰躺在草壓上
細數蒼穹星座
等待寒露降臨
可有梅花鹿奔馳追逐於
堆土砌成牆的城外

遐想鹿耳門的海浪
渴望登陸
緊隨季節轉換
規劃些快閃音樂活動
讓龍獅戰鼓溫柔的敲擊聲
驚醒牡丹花
慢慢於雲頂綻開

誰說雲頂牡丹上婧氣呢

＊後記：
1.風鼓樹又稱蒲桃。
2.肯氏蒲桃、蒲桃與蓮霧都是蒲桃屬的樹木，可以說是親兄弟。
3.台江土城高中整片風鼓樹林栽植於台江映象「薄星草壑」旁。
4.記黃徙言——風鼓樹／枝葉雙雙對對萬年富貴／開花一片綿綿若雲頂牡丹／看去詩情畫意／上婧氣（美麗）！

5.記余文欽言——風鼓樹開花若雲頂牡丹。

＊刊載於『台客詩刊』11期（二〇一八・三・三十）

台江海翁堀

細想台江匯聚成內海
彷彿水筆仔落地生根後
從鹿耳門的肚臍口
看得見誰騎海翁出海
留下整片候鳥棲憩
生態自由繁殖生長的潟湖

雖然無法像喙空的淡水
擁有觀音渡口的落日景色
咱們仍然在府城與南瀛間
沿著清澈的溪水
尋找祖先遺留的足跡

也許像腹肚的嘉南平原
盛傳大廟興學

薈集文人雅士於台江洋
聆聽海浪的腳步聲

＊註：台灣親像一隻海翁，台江內海像海翁窟，肚臍空佇鹿耳門的出海口，淡水河親像海翁的喙空，頭殼佇台北，宜蘭像海翁頭殼頂的噴水口，嘉南平原是伊的腹肚，尾鰡拄仔好佇恆春，中央山脈親像龍骨，每一个關節攏接 kah 密密密。（改編自網路資料：台灣像海翁（hái-ang）／王麗蜜）

鹿耳門港見聞錄

1英雄樹下繫馬

茫茫大海驚見騎鯨者
自海面漂浮掠過

細想當初
枝葉茂盛的大樹下
英雄準備繫馬
壯士怎樣磨刀
都只為養精蓄銳
屯田耕種
讓虱目魚思念故鄉的溫情
逐漸在魚塭裡
繁殖與滋生無數種苗

靠海維生呢
誰能大展雄風
跟隨海浪的腳步聲
觀賞蒼白的芒花隨風飄逸
其實，入秋以來
菊花祭典早已成為唯一的慰藉

放眼望過去
荒蕪曠野佈滿
稀稀疏疏的綠草

2 渾然天成

靜置於鎮門宮前
許是風雨成災後

順著山谷溪壑漂流至此
猶如當年誰家船隊
依循洋流的波動
由府城天險處搶灘登陸
讓鹿耳門的名號
喋喋不休爭論數百年

腐朽化神奇
潑墨山水點綴台江內海
日夜穿插
寒暑遞轉於四季節氣
即使再多的描摹
依然無法分辨濃淡相融時
以何因緣從高山森林
連根拔起翻滾下山

雖坑坑洞洞
曲線髣髴海浪潮音
訴說這段
未曾定論過的傳奇軼事

＊後記：

1.民間傳說鄭成功是鯨魚轉世。二〇一一年鎮門宮舉辦英雄祭大典，鹿耳門溪口改名「騎鯨人碼頭」。
2.鎮門宮是一座矗立在鹿耳門溪口旁的小宮廟，主祀開台英雄鄭成功。
3.鎮門宮於二〇一七年十月四日中秋佳節舉辦菊花祭，彌補鄭成功盡孝的遺願，並與闢慈恩堂奉祀鄭太夫人田川氏，象徵團圓。
4.二〇一七年十月七日下午至當年鄭成功登陸處（府城天險）觀賞日落景色，發現靜置於路旁的漂流木，其風化後的圖案宛若潑墨山水般，曲線變化之美渾然天成，彷如抽象畫令人遐思。

＊刊載於『掌門詩學』72期（二〇一八年一月一日復刊）。

四草綠色隧道

無視岸邊的濕地無垠擴展
招潮蟹躲躲藏藏
橫行水路分隔區域
偶爾看到彈塗魚
跳躍於泥灘上
終究難逃脫宿命束縛

雖然水筆仔、海茄苳
欖李、五梨跤合稱四草
我們仍需沿著綠色的水道
思索彷若亞馬遜河的竹筏港
是否可再度通往七股潟湖呢
並且尋找荷蘭海堡遺址
或是鰲金局最後飄泊的身影

也許當光影晃動迷濛時
綠色的眼神看得到天使之吻

＊刊載於『掌門詩學』73期。

台江詩社

二〇一八春酒

所謂台江土城的稱號
於鹿耳門溪改道後
台江洋依舊是文人雅士
聚集論詩吟詩的好地方

聽聽漁夫細說典故
配合動感活潑的詩歌演唱
再插播後現代主義之論述
我們終於瞭解土地的重要性
縱然野放龍膽石斑
爭看魚群爭食的鏡頭
曾經引起親朋好友好奇

至於菅芒花飄散何處呢
有人返回蕭壠定居北頭洋

有人遠自中部文學城趕來
親眼目睹這片
依海重生的海翁堀
探索新詩之餘
也論及台語文
蓬勃發展的必要性

陽光西移，春風拂面
樹蔭下光影交錯的茶會
傳來老茶特有的水果香
資深教授精通台灣文學史
台語音韻與歌仔冊
加上華文新詩的創作學者
都想公開表達
對台灣這塊土地的熱愛

＊後記：參加人員——漁夫，黃徙，陳益源院長，林瑞明教授，呂興昌教授，龔顯宗教授，陳啟祐教授，施炳華教授，巫義淵教授，劉相君教授，王克雄博士，林仙龍，周梅春，羊子喬，謝安通，劉惠蓉，陳艷秋，黃崇雄，李憲祈，王淑女，黃南海，李文正……等。

開羅會議

開羅在金字塔的埃及
台江則在有潟湖有綠色隧道
更有古戰場的海翁堀

同樣綠樹茂盛的背景下
我們論及某些爭議
某些未定調的言詞
從現代主義至後現代象徵
以及如何維持四季風情
或是暴風雨侵襲過後
竹籬外的扶桑花凋落滿地

其實無關驚蟄前春雷乍響
只需側耳傾聽
娶細姨需額外說明理由

好讓整池春意盎然的台江泮
永遠聽得到海浪的呼喚聲

＊註：
1.渡也說圖可和「開羅會議」那張比高下。
2.蔡董講解台江詩社十則之一——娶細姨 講理由。
3.娶細姨——隱喻國際形勢。

離海水上近的桐花

山城雪花飾滿相思林
台江泮則是桐花落地
轉頭回首間如海鹽般皚白
等待誰來賞花吟詩

雖然說花蕊心事無人知
微風輕吹撫慰後
濱臨海湄的桐花
正以疼惜思緒
霑濡晨露
娛樂遷徙而來的貴客

且停佇四草
謙隱蟄居
打從心底最希望的

莫非是同窗情誼
再度指定花開時節
邀約聆聽海湧跤步聲
傳遞桐花盛綻的喜訊

＊後記：記黃徙言——我若是一欉樹仔，用啥物回報這塊瘦地的疼惜？用我全身只有的樹葉予妳埋做肥，開花！予風吹過，閣回頭看一下：對不對？海邊除了生鹽，無咧落雪！

緣溪行

苦楝若開花
淡紫色的花蕊便細細地
撒落在河堤兩岸
宛若當年沿溪登陸

咱們的家園
順著溪流潺潺的水聲
皆同一起搶渡黑水溝的神祇
擇良地駐紮
凝聽台灣暗蟬鳴嘶醉唱
祇為附庸風雅必須
忍受漫長、簡樸
清苦難熬的滄桑歲月
讓熱情如烈火的戀歌
可以霑濡朝露，成長

繁衍、蛻變
只為了守護這片好山好水

遠眺台江出海口

彩霞淡抹河面
遠方燈火稀稀疏疏

我們無法猜測溪流冷熱
亦無法丈量海底深淺
祇曉得當年遠離家鄉
眼見海潮洶湧巨浪滔天
順著水道登陸於荒漠曠野
卻看不透海底大陸棚
蜿蜒得有多廣多深

此刻霧氣濛濛
梅花鹿飛速奔馳
面對溪水出海口
尚可沿著河畔兩岸

尋找前人開墾過的遺跡
思索未來潛行
紮營駐居的方位

可有阿母當初
再三叮嚀的耳語
悄悄地飄散在寒冽的季風裏

看海的日子
（鹿耳門溪口）

接近黃昏
看海潮寧謐蕩漾
細細的波紋
偶爾激起浪花
宛如攜手登岸漫步於長堤

自從風向追隨季節轉向後
潑墨般的穹蒼微微透露出
幾許蔚藍遐思
象徵生機盎然的期許

唯見誰右手捧持印璽
左手按住英雄劍
準備越過龍門
前往風沙狂襲

堆土為城的沙埔地
紮營　駐地　屯田　耕作
或是挖土為池，修築為魚塭
飼養虱目魚獨特的風味

好比水筆仔裸露於地面
漂移在水中，只為繁殖
我們必須順沿溪河流動的宿命
守護這片終生厮守的鄉土

唸詩天天醉

九重葛沖上天
準備陪伴卷積雲前來察看
苦苓樹幹結網茁壯，開花結籽
或是水錦與黃槿花盛綻

其實泮池邊的金黃蘆葦
隨風搖曳隨緣招手
闡釋油桐花需正名為桐油樹
油漆正名為髹漆

好像當年蕃薯落地生根時
所有離海湧上近的桐花
如海鹽般雪白迷人

*註：

1. 記黃徙言——台江泮的九重葛會挽雲（摘雲）會鈎雲佮掠日頭。
2. 黃勁連與黃徙同為蕃薯詩社同仁。
3. 二〇一八年四月二十六日佮黃勁連大師、巫義淵教授相招去台江泮食豐富的中晝。

午後尋根

鹽分地帶的候鳥也曾遷徙至
雲頂牡丹醞釀開花的海翁堀
大展身手於薄星草壑

雖已穀雨未立夏
仍然見到艷陽秋色
宛若胭脂紅的美麗雲彩
論及當初文學館存歿的典故
還有小雅園怎樣記載
無鹽的漂泊歲月裡
潭仔墘強勁的風沙
連帶鼓動尋根風潮

原來這樣的詩人
早在鄉土筆戰中

說明土地與文學的重要性
好比蕭壠文化園區
舊建材的資源回收
亦可轉化成鹹濕海風吹襲下

聚集在紅磚屋旁的樟樹林
探討鄉土紮根暨有鹽真好
綿延傳承的鹽鄉基地

＊註：
1. 胭脂紅（唐美雲的〈美麗與哀愁〉）——陳艷秋作品
2. 五月三日文學大師黃勁連偕同南瀛小說家黃崇雄（電影「一隻鳥仔哮啾啾」原作者）及小說家陳艷秋夫婦蒞校，造訪台江土城高中穀雨未雨的校園景色，並趕赴蕭壠文化園區的紅磚屋，尋覓設立鹽分地帶文藝中心的好所在。

吟唱唐詩

惦惦聽著鳥鳴聲
回繞於溪壑間
從春眠不覺曉到秋夕
我們都能靜靜地沉思
入夜以後
整片樹叢醞釀涼意

偶爾吟唱
騎竹竿追趕跑的情趣
親像蕃薯藤
抱著夢想綿延繁殖
宛若台江海翁堀的風鼓樹林
起風如戰鼓
訴說台灣鄉土傳奇

＊註：

1. 六月四日台語文大師黃勁連蒞臨本校，教授吟唱唐詩技巧。

2. 勁連師老當益壯，起風如戰鼓。

3. 最近台江與府城有些意見爭執與批評，亦起風如戰鼓。

4. 黃勁連最新作品——抱著咱的夢和台灣鄉土傳奇。

〈第二輯〉

府城逸趣

千禧鳳凰
（府城地理）

雖然銹斑已隨歲月
慢慢佈滿全身
傲然的雅姿欲展翅翱翔

我們猶能聞到普濟街上
沉香縈繞的味道
或者站上赤崁樓
觀看五妃廟與玉皇宮的信徒
從兩翼沿街遶境
並準備於東門城設壇
迎接春雨隨緣施捨

至於以上帝廟為中心的慶典
可是千年以來
安身立命之祈求

宛如火紅的鳳凰花
準時於夏季綻放

*後記：府城地理如隻鳳凰。這隻鳳凰的鼻孔位置在普濟殿，眼睛在赤崁樓，兩隻翅膀一隻通往玉皇宮、一隻通往五妃廟，心臟在上帝廟，尾巴則在東門圓環與東門城之間。

老茶舖

（府城老茶莊）

長壽街的蔓藤糾葛纏繞
細膩的陽光從葉隙
投射某種角度的溫柔
某種懸思與寒冽冬眠後
我們依偎於此

偶爾看到含羞草
叢生在樹底下
稚童嬉戲追逐
年長者養氣養生
勤練太極
還有附著樹幹的蘭花
時時散發出陣陣幽香

午後，街坊隱藏傳說典故

偶爾穿梭時光巷道
驚見茶舖老闆依舊
煮茶論詩
招待來訪的遊客
解說大紅袍
自高岩峭壁移植前
扦插繁殖的手法
闡明冷泉潤澤的重要性

或等清明時節
嫩芽的顏色
就在紅袍披身後
蛻變為紫紅色

＊註：「金德春老茶莊」鄰近赤崁樓、武廟。茶莊創業於一八六八年（清同治七年），至今由第五代經營。店裡最顯目的莫過於這一個個大茶甕，根據資料這些大茶甕從一八六八年起便置於店內，迄今已有上百年歷史。

度小月

（府城擔仔麵）

正值颱風季節
安平海浪驚濤洶湧
水仙宮的香火依舊鼎盛
我們挑起竹擔沿街叫賣
度過無法出海捕魚的淡季

如同潛沉學習
靜待時日可以展現
撲鼻而來的肉燥香
如何在百年鐵鍋裏
滷出多少人生歲月
傳承著祖先研發的湯頭
可有鮮蝦熬煮的辛酸淚水

從沒仔細衡量過

大月小月之區別
皆是手工耗時製作後
感覺鹹鹹的海風
讓平民百姓可以慰藉的
莫非是這些滑順香Q的油麵
填飽肚子時
那種卑微的滿足感

隨著東北季風來臨
熱騰騰的擔仔麵
正準備伴我冬藏安眠

安平豆花
（府城小吃）

細膩雪白的豆花
聽說是修煉長生不老藥時
黃豆漿的豆汁
無意間與食用石膏相遇
從此席捲整個人類歷史
誠如書法名家所言
豆餔如何化育四方人

這些神仙研製的眾生口味
往往深深吸引
慕名前來的異鄉過客
看看安平劍獅
怎樣護佑當地居民
至於美味的賞評
仍然需要仁心和善意

喚醒四季風情
以沖浪的技巧
控制河面結凍的速度

這時，香嫩細軟
柔順補氣的豆花香
飄散整條街坊巷弄

神農街

（府城老街）

1 附近的荒廢老屋

多久沒人駐進
榕樹的根鬚攀爬整面磚牆
我們的心情
驀然跌入
迷濛的煙靄中
甭管老屋如何翻新安置
會是適合談戀愛
回憶以及創造文化議題
悠然過活的好地方

只等庭院中的木瓜
結實纍纍
並且追溯那段隱藏於

藥王廟曾經護佑過
曾經認真幹活過的街坊間
點點滴滴訴說著

那年咱們來此蟄居過

2老店舖餘韻

誰曾與妻散步過
方圓之地祇見
神龍見尾不見首
藥王廟佇立街尾

也分不清是台灣黃檜
或是搶渡黑水溝的福杉木

其實藥到病除
神農嚐百草的典故
每每於冬藏日
補身養生的藥方
何需問神求籤呢

細想當年讀書作夢
腐朽的窗櫺
更能微微透露些
上弦月
何時高掛街頭上

*後記：

1.台灣文學大師葉石濤曾說：「台南，是一個適合人們作夢、幹活、戀愛、結婚、悠然過活的地方。」

2.李展平：神農街曾是我岳父母家，附近有藥王廟，曾是我與妻散步之地。

淺草新天地——

臺南正興老街記趣

喜歡這種感覺
雅緻復古的設計
讓昏黯的布莊呈現
落寞後的復甦景象
我們步履蹣跚
躑躅於昨日連袂造訪
童年的記憶好像後花園
共同嬉戲的玩伴
如何跳脫時間環節呢

街坊巷弄上
仍然看見閒適悠逸
逛街購買青春的遊客
著手編寫淺草社區誌
而食堂菜餚

酸鹹的西瓜綿
纏繞虱目魚風味餐
外加東坡肉
隨興搭配竹筍絲
呼應對面蜷尾家散步甜食
就等蕃薯頁圓薑湯
傳達正夯的古早味

爾後，老屋新戀與造街運動
來自內心對這片土地
真摯的歸屬感
同時伴隨年輕族群
喚醒沉寂多年的檜木香

普濟街
（府城老街）

無意中留祀的傳奇
就像傀儡戲送迎神問
八卦吉穴怎樣網住張翅的鳳凰
至於台灣最早的王爺情意
讓愛隱藏無限可能

也許王爺有令
早期竹林中
觀音普渡濟世的神情
仍然栩栩如生
如同行春彩繪
千盞花燈點亮街坊
驚見葉老獨自蹣跚踱步
古榕垂懸的根鬚
何時掛滿——

智者期盼的名言
彰顯威靈感召下
掌牌爺亦有逗趣的造型

沿街尋訪
水仙花靜置菜市場內
散發出陣陣幽香

安平老街
（府城老街）

1 城垣遺址

看到跳躍的音符自錯綜複雜
攀緣附生的樹根裏頭展翅翱翔
我懷舊的思緒啊！依然可從那片
屹立不搖帶點滄桑的城垣
尋覓到當年登陸上岸後
流傳街坊的歌謠
一直散播著：
烽火延燒的年代
咱們會是戰雲密佈的時空中
唯一存活與伴隨梵唱渡河的遺跡
被棄置潛逃於
偶爾飄落青石板道上
迎風凋零的鳳凰花

正是點燃竹燈籠前
你曾經叮嚀過，甚至愛戀過
這些醃漬物如何保存傳統風味呢

2 延平老街

醃漬物如何保存傳統風味
當土角厝、矮紅磚屋
沿街矗立，偶有西式洋樓
展現異國情調

這時號稱
開台第一的街道
適合散步沉思
悠閒地走進裊裊香火塵煙

凝聽開台媽祖與觀音
闡述三百年前的古堡風貌
以及興盛熱絡的貿易
除了洋行進出口商品
還有井水孵育豆芽菜時
我們穿梭老街巷弄
祇為尋找多年前
曾經流落民間的國姓爺寶藏

期待護城河水
綠頭鴨依然悠遊於數百年來
未再響起的砲火禮讚中
遽然驚覺濃郁的茉莉香
飄散於劍獅避邪
如今賣祖產的舊舍裏

玩玩跳房子遊戲
遐想豆花簡樸的口感
好像垂榕糾纏樹屋
回味一生

府中街莿桐花巷

（府城老街）

茄苳樹旁品蓮總在市集
追隨午後閒逛的跫音
細數懷舊商品琳瑯滿目
有所謂莿桐花巷
檜木窗櫺飄散陣陣
來自深山的芬多精

你能想像巷弄餐點
除了創意燈飾
搭配古老原味的手藝外
長板凳風味餐
竟也形成時尚潮流
尋找沁色古玉隱藏於
雜亂如贗品堆積良渚文化
天圓地方的玉琮禮祭裏

暢談全台首學的孔廟
赭紅色宮牆怎樣
子曰如流水

*後記：臺南孔子廟旁的府中街口，有座清隆年間的「泮宮石坊」，古雅渾厚充滿著歷史氣息；石坊內的人行道種滿莿桐花，整條街區洋溢著浪漫氛圍，成為臺南有名的莿桐花巷。

府城流浪漢——

詩記府城藝術家

誰能解說
臺南最初的樂與愁
讓月夜愁迴盪在五條港
在台江內海的土地上

原來創作的火焰
曾經被鎖住
被收藏在生活的行囊裏
穿梭大街小巷
說唱一曲思想起

問起初戀的情懷啊
答案就在歌聲中
分不清過去與現在
只能悄悄地細說

春夏秋冬
各有季節性的風貌
串穿於酸甜苦辣的旅途

*後記：二〇一七年五月二日金曲歌王謝銘祐蒞校專題演講，暢談創作奧秘。講題為「臺南最初的樂與愁」。

魩仔魚

（臺南大學）

來不及長大談戀愛
來不及追風踏浪
遨遊四海
只曉得被捕捉撈起時
那份掙扎，那份無奈
就像水源枯竭
盼望天降甘霖的感觸
苦苦等待
貪婪的口慾
何時終止

你能想像嗎
千萬隻魚苗
來不及分辨，來不及賞識
四季變妝換景之美

猶如冬季候鳥
居無定所的漂泊
跟隨著地球自轉軸傾斜
到處留情
播種些無法掌控的偶然
仍然期許

有誰放生祈福
重回溫暖重生的海域

＊後記：
1. 海神的信差——拒吃魩仔魚：廖鴻基的部落格。
2. 鄭邦鎮局長曾在臺南大學兼授通識課程「報紙閱讀與議題探索」堂上，探討「勿吃 bula 魚」的議題，引發深刻的反應與反省。

落地生根——

一株臺南大學的鐵樹側影

完美曲線平衡於春秋兩季
關愛的眼神聽說是那年
紅樓鐘響，砲彈穿透牆壁
鐵樹開花竟成為村民
茶餘飯後的主題

假設斑駁的歲月痕跡
成就娛弄明天的詩人（註）
我們亦能在高壓手段下
繼續成長，或則回鄉看顧
這畝柚花飄香的果園

尾細葉多，頭粗葉
恰似太極陰陽消長
歡樂學子所能汲汲學習的

正是這股堅韌的生命力
如何配合四時傳遞
並擁有自己的一片綠地

據傳鐵樹枝葉調配百花蛇舌草
煎水熬湯後
半枝蓮的功效可清熱解毒
也是遊子歸鄉回校的秘方

＊註：王明凱校長南師畢業，曾在我的非詩不可（facebook）留言：昨天的風景，顏色依然濃郁，回憶有時候也能把乾涸的腦袋，裝進新的把戲，娛弄明天。

有碑無文

（府城二二八紀念公園）

不敢傾訴
春雨淅瀝聲裡
偷偷點燃香菸
我們的青春被掩藏

松鼠在樹林間
跳躍竄逃
咱們無法割捨切斷
苦楝籽落地生根後
淡紫色的花蕊
每年開花飄絮

彷彿槍聲響起
煙硝瀰漫
多少無頭公案

總在清算鬥爭中
隱匿季節更遞的面貌

這時，凝視無文的紀念碑
仔細尋找曾經發生過
曾經流淌鮮血的石紋脈絡
想想四季風情
該如何記載
這段歷史悲情

夕陽餘暉

（安平海灘）

1

我們來此
欣賞夕陽餘暉
看看海潮如何沖刷
明日夢想

記得落日西下時
你曾經告訴我
今年夏至
鳳凰花開後
火紅記憶的約定
將讓我們愛戀纏綿

2

咱們也曾經愛戀纏綿過
溫熱的晚餐可是
我倆從家中精細調製
共同在夕陽下尋找
年輕時 那一年的落日
依舊火紅如鳳凰于飛

我們一路走來
恩愛若去年冬至
風雪飄搖中
和煦溫馨的相思柴火
驅使我們互偎取暖
無所謂歲月與季節嬗遞

3

有人去海灘濯足
有人操控鏡頭獵捕畫面
靜靜地觀賞
落日 緩緩滑入
深藍的海水中

試想易變人生
有誰能
沿著水湄詮釋
某些偶發事件

*後記：

二〇一六年五月二十八日去安平海邊觀賞落日，無意間獵捕到兩對情人。年輕情侶與拿著自製便當的中年夫妻，畫面奇趣橫生。

祭江——

詩記臺南運河龍舟競賽

汨羅江的水聲
追隨梅雨
隱隱約約夾帶著
故園裏梅子成熟的訊息

眾多悲劇傳說中
我們仍然相信
運河的水面有你
投江時行吟澤畔的身影
雖然枯槁憔悴的顏容
彷彿要告訴我
直通黑水溝的台江水域
可有你化身水仙
讓醉醒後的波浪隨緣而去

至於手執艾草、榕葉
配戴虎仔香可避邪化煞外
沿著江面投粽餵魚
祈求多變的節氣
在龍舟戰鼓啟動間
傳達猛龍將過江
準備遠征競技的旅程

*註：
1. 三閭大夫屈原被民間尊稱水仙尊王。
2. 古代漢人渡海來台時，由於無法適應臺灣土地的瘴癘之氣、多變氣候的風土病，紛紛染疫病或死亡。因此端午即有藉午日「純陽之氣」祛除瘟疫、避邪驅鬼的科儀。端午節民間除了會祭祀神佛、祖先與地基主外，更會於河邊、水面有隆重的「祭江」儀式，主要祭祀所有溺於水中的亡魂，並祈求水源豐沛、河流安穩。

封印圓壇——
詩記鹿耳門天后宮送神活動

遐想當年郡王攜手上岸
鹿耳門溪水依舊潺流如昔

如今鐘鼓齊鳴，歌頌德風
啟動封印大典於寒冬清晨
也許，暫停處理民間事務之後
再度看到當年洶湧的黑水溝
隨著潮水帶來豐盈的魚苗
讓咱們春耕夏耘秋收冬藏
讀書為善，宛若梅花鹿
盡情地奔馳在肥沃的曠野上
繁衍四季風情

且待我御風前行，飛越九重天
向誰稟告眾生千萬種心事

雖有災難困境仍可平安過日
這時，前往祈年壇行圓壇禮
恭請財神令移往廟埕前

祇見焚香裊繞
靜心觀賞妙曼舞姿
掃除所有哀怨仇恨
以及纏身夢魘

並感謝蒼天，敬重大地
賜我能詩能慈悲喜捨

＊後記：封印大典為天后宮所獨創，將傳統民間的送神予以祭典化，並將儀式與在地居民的生活結合，藉由舞蹈的展演與舞者的姿態動作所象徵的意涵傳達對媽祖庇佑的感恩。

——引用《台南學》電子報193期

冬月造訪開元寺

（開元寺）

1 詩魂在此

誰從臥龍崗移植七弦竹
黃幹綠紋彷若七賢聚集於此
輕輕撥弄寒冬凜冽的空氣
讓梵音充滿懷鄉詩情

猶記得青春年少，夜宿因緣
晨鐘敲醒不二法門
誦經繞佛於奉施香華中
三寶歌詠唱若法螺吹響

寺前猛獅與白象
鎮守智慧與無盡願行
即使繁花盛開或枯葉落盡

亦能一路走來
信守當初許下的諾言

至於祥瑞溫潤如玉的石柱
不知是否曾經安置詩魂於此

2 彈指優曇

無關真假只在乎彈指之後
雖三千年，霎那間
開出靈異雪白的鐘形花朵

千姿百態中
聞佛說法於手指輕輕捻起
我們出入生死關頭

尚能身心自在，細細觀賞
纖細柔韌的花蕊
何時徐緩吐露清雅的芳香

唯見歡天喜地裏
誰能包藏色相穿越古今呢

*後記：

1. 林柏維教授臉書貼文介紹臺南市開元寺的『詩魂』石碑，讓我憶起大學時，曾與大慧社（研究佛學為主）來此夜宿一晚。
2. 「詩魂」石柱，為一九三〇年（昭和五年）臺南西山詩社對應「七弦竹」而立的石柱。
3. 七絃竹則為黃幹綠線。據說為鄭經之母董氏親手所植，由河南臥龍崗移植而來。
4. 七弦竹：七弦竹名起於鳳山縣學教諭朱仕玠所詠「七絃竹」詩之註：「以皮間凸起七條如絃，故名。」
5. 彈指優曇與歡天喜地——臺南開元寺彌勒殿匾額。

6.「包藏色相」取自殿前門聯字句。

7.《法華經．方便品》：「如是妙法，諸佛如來，時乃說之，如優曇鉢華，時一現耳。」

府城驛站

（臺南火車站）

我們在此傳達訊息
匯集眾生的悲歡離合

遠行或者回鄉
甚至短暫的別離與歡聚
都在汽笛聲中
留下不可磨滅的記憶

密密麻麻的留言板上
尋找甜蜜暨感傷的詩語
如同百年老樟樹看盡風華歲月
枝椏綠葉依舊繁殖得茂盛昌旺

如今，鐵軌仍然平行伸展
雖看不盡遠方有無交叉點

年輕的創意延續時代命脈
走馬燈與咖啡屋休憩場所
同步進行文化轉型

接送也在手機連線裡
快速轉換相思情緒

不能說的秘密——
詩記臺南神學院之旅

凝聽琴聲從破舊的檜木窗裡
劃破寂靜的庭園
如流動的山泉
夾雜當年祈禱祝福
爭辯創世紀之初
我們無法詮釋的奇蹟
千古以來流傳著
身為人子
你我猶不能拒絕
離鄉背井後
緊緊掌握住生命的脈動

試問椰林樹不斷增長
整棟沉默的歷史建築
可有年少情懷，帶著怯怯思緒

羞澀地踏進神的國度

校園即景
（成功大學）

1太極養氣

青翠的草坪置放複製品
只見朱銘的刀斧隨意切割
自然簡單樸實的風格
將整片校園雕刻成
陰陽消長下
我們汲汲追尋
境隨心轉的卦象裡
有無形體歸零後

即時調整手勢
站穩腳步
準備嚐盡人間百態

2 門神加冠晉祿

桃花木種籽落地成林
傳說中的守護神
千古以來就默默鎮守
觀看咱們世代成長茁壯
結婚生子，甚至老邁病死
偶爾夾雜宅院前
童稚的嬉笑聲

所有悲歡離合
一幕幕如日月星辰運行
生命繁衍無限
夢醒情愛滋生
無關訣別恨意如何

都靜謐地庇護
溫馨甜蜜的家園
甭管乾坤歲月
春秋寒暑
皆能保佑加冠晉祿

鷲嶺古地

（北極殿／大上帝廟）

海拔十四公尺的鷲嶺高地
曾經是醫療中心
也曾經是海船登陸時
商場集散地
更是觀音庇護眾生
北極雲霞顯化龜蛇交纏的景象
或是切腹的戒刀清洗腸肚後
安置於桃花林中
期許臨水之神掌握生兒育女的可能性

其實，地基主掩飾真正身份
靜靜地觀看嶺頂的街坊巷道
歷經歲月蛻變
沉浸在裊裊檀香裏
誠如威靈赫奕的匾額

高懸於殿前橫樑上
訴說因緣如此玄妙

所謂辰居星拱雖已遺佚
我們仍可想像
大地匿藏無盡密語
嵌刻在牆垣上的碑記
記載昔日輾轉闡述的傳奇掌故

好像鳳凰翱翔
憩息於鷲嶺古地

＊註：據說臺南落在風水寶地的鳳凰穴上，北極殿（大上帝廟）正好在鳳凰的心臟，而不遠處的普濟殿則是蜘蛛結網穴的中央。正因為鳳凰被網住了才使得臺南興旺。

舊物市集

（藍曬圖文創園區）

青花瓷盤採購自舊物市集
觀賞櫻花盛開在窗櫺外
遙見遠山峰巒的冰雪已融化

愛情適合資源回收
二手壓寶箱的陳年往事
慢慢尋覓中
遽聞那年榕樹下的戀情
正以最低價
打折扣的方式
換取寒冬深夜裏
小心呵護的親情
無怨無悔
免費提供售後服務

恰如悠遊藍曬圖文創園區的印象
充滿溫馨感受與珍惜
目前所擁有的品牌價值

風骨猶存

（府城輕井澤）

1風化

風來自山巔，來自溪壑
來自不可預測的未來
就像盤古開天闢地
女媧採石補天時
無意間遺留曠野處的彩石
正以極低調的曲風
輕輕喚醒——

何時路過此地
你已抵擋不住歲月的侵蝕
還有溪水經年累月沖刷
漸漸脫去虛假的外貌
回歸真實面目

2 去蕪存菁

甭管何年何月何日
鬆軟的木質部總喜歡
化作春泥裡的養分
混雜岩層崩解後
那些歷經高溫高壓下
煅鍊成鋼的喜悅
不正是冰天雪地裡
我們一再證明山間奇蹟
何以能隨著山嵐四處漂泊

這時，留存的預言
好像昨晚前來敲門的訪客
曾經留下美麗的身影

3 展露風華

風華猶需日月見證
猶需歲月磨蝕
才能接受漫無止境地挑戰
好比鄉間小路的青石道路上
光滑石體與堅硬木質
正以最撫媚的姿態
展現曾經擁有的風貌
彷彿側耳仍可傾聽到
山澗裡的風聲、水聲
搭配蟲鳴嘶唱與鳥啼
悄悄告訴你
何以晨露易晞

何以短暫的人生中
最寶貴最精華的時段
無論風雨雷澤
我們都能掌控自如
都能保持鮮嫩的心情
許下當初萌芽時的驚喜

4 樸實禪風

也許，樸拙是今年季節遞換時
最真實動人的悸動
不可言傳的意象啊
竟能傳達某些社會價值觀點
提醒世人奢華的症狀
唯能依靠落葉枯萎後

我們尚可清楚地看到
所有河水流動的走向
沿循著當初進入山林間
誰曾經記載下：

無相有相皆是虛像
皆是歲月流轉中
我們汲汲言談
有情眾生怎樣論及
地層變動後
親情的歸屬感
應是最樸實的禪風

5 靜觀

如是接受如是修行
我們靜靜地觀賞
來來往往的過客
如同紅塵風水裡
誰能讓慈悲喜捨的心願
體驗最佳導演
在喜怒哀樂與愛恨情仇間
如何選擇最佳表演方式

＊後記：靜觀府城輕井澤前的四座自然藝術品有感而發。

蒹葭萋萋

（南紡夢時代）

南紡夢時代的水澤畔
造景極美，適合做夢與懷思
令人想起蒹葭萋萋的情景
陪我度過狂傲有夢想的青春歲月

無論水一方或水之湄
都可在水之涘
等待白露凝結為霜
晞化成涓涓細水
順沿葉齒邊緣滴落泥土

唯見故人遠從春風起源處
款款飄袂，帶著四月離別前
曾經許下的諾言
期望日後再度邂逅

所謂伊人就像水中央
割捨不斷的詩意
迷濛裡帶點滄桑之美

註：
1. 秦風・蒹葭
蒹葭蒼蒼，白露為霜。所謂伊人，在水一方。
溯洄從之，道阻且長。溯游從之，宛在水中央。
蒹葭萋萋，白露未晞。所謂伊人，在水之湄。
溯洄從之，道阻且躋。溯游從之，宛在水中坻。
蒹葭采采，白露未已。所謂伊人，在水之涘。
溯洄從之，道阻且右。溯游從之，宛在水中沚。
2. 高中租屋在臺南紡織廠附近，如今變成夢時代。

321巷藝術聚落

（原日式軍官宿舍群）

水影晃動間
彷彿聽到隆隆炮聲
從紅磚圍牆內傳出
原來軍用鋁製水壺
曾經風靡一時

老房舍被榕樹鬚根纏繞
牆上的破碎玻璃，尖刺鋒利
好像翻牆而入的殘舊歲月
委婉地細訴當年
勝利女神飛彈傲視群雄
如今鞭炮花垂掛牆頭

老教授遺留的故居景色
成熟圓融裡隱含書法意境

還可聽得到後花園潺潺水流聲
飄落少許枯葉
於前院的水蓮陶缸中
雖然鯉魚悠游自在
如昔日蹣跚踱步的身影

偶爾邂逅熟識的陶藝家
請教柴燒的落灰何時煅燒成釉
或是牆壁隨意裝飾的燈光
皆為遷移拆除後
巧手設計整修的成果

讓生活藝術化吧
彰顯府城適合作夢談戀愛
有時，攜伴並肩

靜坐在圍牆外的鐵椅
慢慢地回味陳年往事

欣賞盛綻的九重葛
以何因緣探頭詢問

*註：

1.藝術聚落原為早期日軍的軍官宿舍，一九三一年（昭和六年）建造，至今已經有八十多年歷史，算是歷史悠久的日式建築。目前是臺南市政府市定古蹟。原本這個地方和旁邊的兵工廠是要一起拆遷改建的，後來經過一些人的努力，才把這個宿舍群給保留下來。保留的宿舍一共有十八間，開放使用的空間有七間。由臺南市政府文化局管理，共有七組藝術團隊進駐。——資訊引用 FunTime 旅遊網。

2.郭柏川〔1901~1974〕台灣畫家，成大建築系教授。

孤獨有時是必須的

（鹿角枝老屋）

有時孤獨是必要的
鹿角枝狀的標誌
被懷念風格深深烙印於此
沉思閱讀已成習慣
風靡時尚也容易遺忘
時光靜靜流失
甚至停止運轉

這時冥想探索
梅花鹿奔馳草原的景致
將整個碧藍天空渲染嫣紅雲霞
我們的行程竟有些緊湊
有些難以言詮的驚喜

誠如面對多變的年代

蟄居寫作，建構理想家園
獨自享受光影移動後
季節變換的樂趣

＊註：孤獨有時是必須的——語出　妙沂 facebook 貼文。

〈第三輯〉

南瀛風情

水生對話——

南瀛水生植物探索

深入水生植物的世界
你才深深體悟水生植物之美
才能知曉南瀛的地理環境
如何生育這片水草
串連出來的文化與生態
尤其看到某些稀有水生植物逐漸凋萎絕跡
感嘆科技與工商業席捲而來的後遺症
也重新思索：
自然與科技文明該當怎樣相輔相成呢？

其實有水生植物的世界是美麗多采多姿的
它可以讓你在靜觀凝視之餘
觀察到沉水、挺水的生命歷程
宛如無常真諦於四季輪替中
展現水生植物多樣性的無限生機

就像田野調查時
我們驚見整片絨毛蓼密佈在
野埤畔與荒塚環繞的池塘裡
那股欣喜情緒至今記憶猶新

南瀛水生植物之美
造就地靈人傑的自然生態環境
無論在溝渠、水塘或沼澤地
我們都可發現水生植物柔情似水的身影
此外，南瀛為臺灣農業主要生產地
農作物的栽培為水生植物
提供一個相當具有價值性的濕地生態環境
讓我們隨處可望見
綿密如綠毯的漂浮植物
靜靜地守護著水田

偶爾少許昆蟲、水鳥、蜻蜓
驚擾寧謐的水面
顯露出生機盎然的景觀

台南新化老街

（新化）

山林之地種滿野玫瑰
壓不扁近鄉情怯的愁緒
整條老街南北雜貨集散
巴洛克式風格經過精心雕琢後
栩栩如生的裝飾
訴說街役場遷回原址
我們保存先民奮鬥的軌跡
見證歷史長河裏
有咱們共同烙印的圖騰

或許春光能轉換時空
再也關不住蕃薯落地生根前
送報伕挨家挨戶擲送
武德殿招收學徒的訊息
甚至文學館準備辦理藝文活動

探討當初誰捐地興建街役場

這些大目降聚落
無鋼筋的豪華樓房
永遠是玫瑰花園中
詮釋不盡的傳奇軼事
彷若隔壁姑娘出嫁時
手捏泥娃娃帶動喜氣
街頭巷尾鞭炮聲
響徹雲霄

偶爾聽聞
輾轉旅居外地的異鄉客
準備耕讀蟄居於此

＊後記：

1. 新化老街的建築，以水泥及大陸福杉為素材，巴洛克式風格融合傳統元素。

2. 楊逵重要作品有送報伕（一九三四年入選東京文學評論第二獎）、泥娃娃、鵝媽媽出嫁、春光關不住等。

3. 新化舊名大目降，早年原為西拉雅平埔族聚落，「大目降」為西拉雅語 Tavocan 音譯，意為「山林之地」。

思齊往哲：斯庵

（善化）

無故被颱風漂泊到府城街坊
再移居至目加溜灣
傳授醫療與文教
怎樣紮根於風土民情

想想教授漢語古典文學
本是東吟詩社的職責
我們皆能延續子孫命脈
學習禮教儀態，四書五經
即使移植自寧波海曙
亦無損當初曾經許下的諾言

Sím Kong-bûn 是您閩南語發音
文開是字，斯庵是號
「海東文獻初祖」是您的譽稱

雖然後半生因緣停駐善化
仍遙想故里家園的風雨

最後陪伴文昌帝君
並列供奉於香火鼎盛的慶安宮
仔細聆聽來來往往的香客
訴說這段傳奇逸事

＊註：臺南一中的校歌歌詞中有「思齊往哲　光文沈公」句以紀念沈光文。

漫天飛舞
（北門井仔腳）

落霞與萬鷗齊飛，秋水共長天一色。（註）

期許水聲深藏在
淒美的寒冬節氣
用心品茗或者用情
回憶些鄉愁
同時觀想楓紅落葉
鋪滿青石街道的景致
彷彿浪濤如海水
成千上萬的候鳥
歸向何處呢

也許，急水溪畔
詩情畫意的天光水色
祇為觀賞黑腹燕鷗回巢

漫天飛舞
隨時準備遷徙翱翔的風情
於冬至過後
沾染微醺的落霞

氣寒凜冽，露慢慢結為淞
豐美的冬藏季節
依舊驚喜悸動……

＊註：唐 王勃：滕王閣序 落霞與孤鶩齊飛，秋水共長天一色。

一隻鳥仔哮啾啾

（北門）

深夜子時，噙淚
滯留至破曉時分
而南國濱海漁村裏
苦楝樹梢上
徘徊盤旋的稚鳥
正煩躁焦慮地
尋覓遺落於樹林間
提供棲憩與繁殖的巢穴

數聲含悲淒涼的哮嚎
在秋意頗深季節
慢慢覺醒——鹹濕海風
刮傷乾枯龜裂的鹽田
亦如一群赤腳學童
透過廣角鏡頭

從遠處攀沿曲折宛轉的海湄
嬉戲、追逐、奔跑於
鬆軟潔淨，富含有機物
的沙質沼泥上

匿居躲藏的螃蟹呢
誘惑我們偷偷挖取整竹籮筐
肉味鮮美的蛤蜊
雖然含砷井水檢驗不出
受重金屬汙染的牡蠣
怎樣摧殘吾輩
深諳插竹養殖之技倆
陪伴候鳥渡過漫長
凍餒的寒冬

至於暮景凝結的彩霞
何處寫滿阿母遠離家鄉
的流言，還有阿公
黏糊的油傘暨嗜食虱目魚
終究抵擋不住雙腳被鋸斷時
手術病房外，狂風暴雨
恁肆地衝毀防波堤

從此四處流竄的嗩吶聲
祇好企盼砌磚紅瓦厝前
堆滿串結……
像芒花散落溝壑的溪石

＊註：部分意象來自黃崇雄小說改編的電影。

追憶
（北門朔風樓）

微弱的燈火欲點亮
所有南瀛逸趣
皆在彩霞繽紛時
重新整理出
當初先民開墾耕耘過
流傳至今的殘留遺跡

面對倒風內港
淤積陸化的潟湖
鹹濕的海風
席捲遷徙而來的候鳥
說是井仔腳瓦盤鹽田
落日餘暉下
我們逆風回憶

那些來自北方寒冷國度
等待大地回春的驚喜

＊註：黃文博校長座落於井子腳瓦盤鹽田旁的朔風樓，可眺望著遠處三百多年前倒風內海僅餘的殘跡——北門潟湖。

蘆竹溝漁港

（北門）

濱臨將軍溪
面對青山港汕與新北港汕沙洲
每每於落日撒下彩霞時
漁船停泊在最美時刻
清澈的海水霑濡霞光
寧謐得讓旅人想起多年往事

蚵棚整齊排列
平靜無波的水面上
看見棲息棚架的白鷺鷥
隨著竹筏穿梭在密集水道中
期許覓食後的歸屬感

其實堆滿海岸邊
宛若純白鹽灘的蚵殼

可是我們賴以為生的伎倆
增添海口漁村戲劇性
等待發掘的愛情故事

就像偶爾飄過幾朵白雲
被夕陽薰染得繽紛艷麗

彈塗魚

（北門）

試著帶著整身泥灘的味道
往上跳躍，欲擺脫鰓室水分呼吸
欲嘗試豎起背鰭
於繁殖季節吸引雌魚求偶

也想看看沼澤上方的天空有多蔚藍
有紅樹林沿河口水域
栽植整季落地生根的情緒
讓濕潤的皮膚
布滿深色斑紋棲息在地道構成的洞穴內
思索藻類和碎屑怎樣漂浮在泥灘上
準備趁漲潮潮退瞬間，依附樹幹或石頭
展開胸鰭彈跳再彈跳
這美姿吸引水鳥盤旋窺視

更使螃蟹、昆蟲驚恐奔逃

刺桐花開時
（蕭壠北頭洋）

帶你去尋覓
蔗田飄曳的芒花裏
那些沉落的記憶
該是當初移民時
無意侵襲，祇曉得認真
拓荒墾地；或是在落日休憩後
聆聽串串銅錢奔馳的風聲
穿透檳榔暨刺桐樹叢

偶爾灑點米酒之類
摻雜醇馥的相思
緩緩走進這如飛龍的砂丘
推測季節氣團怎樣
席捲浪漫的青春歲月
並且讓成堆的軼事

於嚎海淒涼的浪潮中
體驗楊宅后院
繁茂的刺竹與合歡樹
該有多少白鷺鷥來此
繁殖棲息

＊後記：曾參與蕭壠社西拉雅族北頭洋阿立祖民俗活動，讓我深刻體悟先民在族群遷徙的過程裏，所展現的智慧與勇氣。

＊刊載於『乾坤詩刊』78期夏季號

五府千歲宮記事

（蕭壠北頭洋）

五聖功安蕭壠社
府旗揮映北頭洋

1

是誰建磚場升窯火
當劍尖猛刺龍喉
水堀頭的木棉花被醺紅的泉水沾染

從此，移駕遠遊
順著急水溪潺潺的流水
輾轉漂泊至港埔庄
而曉色矇矓中
想像南鯤鯓嶼的林投樹叢
鐘鼓管絃樂不斷地響澈
晉江城郊外的古老廟宇

2

旖旎的傳說啊！
最適合品茗談論
大業年間烽火燃遍整個中原

眼見遍地哀鴻的景致
你我執干起戈、保鄉衛國
治軍閒暇時尚可鑿渠引水
雖然強烈的志業宛若秋霜
亦能嫻熟山川地形
觀測星宿運行於經緯之間

3

歲次壬申，擇地築基
蕭壠社的香火
焚燒著千年的祖業
可曾劈荊斬棘
廟前的粟田與廟後的竹林
在清晨的雞鳴聲裏
流傳著因緣果報的逸事

4

鮮花素果，裊裊清煙
焚香膜拜後，企盼異鄉客
自寒江水澤的北方歸回

也許入秋以來，我們點燃三柱香
塵煙舊事嫣然間記載下坐輦降乩
普渡救濟眾生的情節

5

廟樑屋簷下
飛翔的群鳥銜草築巢
遙望荷仙姑手持蓮花
從七彩綢製的帳幔
悠然飄落……

杖倚荊扉的福德正神呢
窺視戰馬蹽步與操兵演練
驀然發現馬草水散發出

青青草原的泥土香味

雖然蒼翠的榕樹佇立在廟旁
口嚼檳榔，醉飲米酒頭
的平埔族歌聲能吆喝幾許？
並且悽愴地敘述著
夜晚荒涼的月色暨桃花樹林裡
有誰折枝鑄劍
讓蟠龍虎爺靜謐地
盤踞鎮守著：

＊註：五府千歲是指「李、池、吳、朱、范（李大亮、池夢彪、吳孝寬、朱叔裕、范承業）」五位千歲。奉祀此組神祇，有名的廟宇為：臺南市北門區南鯤鯓代天府、麻豆代天府。

好年冬

（佳里小雅園）有感吳新榮文學討論會與紀念雕像揭幕典禮

誰能描繪各庄頭
村姑的花裙
飄揚在青綠秧田上

誰能攜帶鹹溼海風
讓苦楝樹，欣欣向榮的
紫白花絮款款掉落
故鄉兮輓歌啊
唱誦悲情的春米聲
與蕃籤枝黏稠霉味
逐漸喚醒海島鬱悶的鄉愁
浮雕出幾許溫馨可掬
淡雅樸實，稀稀疏疏地
凝聚於天圓地方的穹蒼

聽說雅園毛柿成熟時
何家情婦滔滔不絕的
逗笑聲，如雨後
雪白的木筆花，纏綿地
吐露馥郁的芬芳氣息
流連探觸——山房胸匣兮
裝滿敘說不盡的
傳奇掌故

＊後記：一九九七年三月二十七日，臺南縣政府為感念「鹽分地帶文學的領航者」吳新榮先生對文學創作的執著與保存地方文獻，所作之貢獻，於他逝世三十週年日，特擇佳里鎮中山公園豎立紀念雕像。讓擁抱鄉土，熱愛文學的詩人風采終結了吳新榮家族多年來的感傷。

＊登刊於小雅園記事。

本事（佳里小雅園）

猶記得當年談天說笑中
樹梢裡的鳥啼聲
不斷訴說著
如今並肩坐在夢鶴莊樓下
觀看流雲悄悄地飄過葉隙
細想一夜未眠的星星
怎樣浪漫成小雅園的韻事

至於青雲萬里
隱喻著明年立春之後
可有雷鳴驚蟄的喜感
增添某些無意中註定
就像毛柿與龍眼是碩果僅存
一直散發著文人儒雅的個性

*後記：二〇一五年十一月二十六日，臺南市名人吳新榮故居掛牌活動，賴市長與吳南圖醫師並肩坐在夢鶴莊後面的「青雲萬里」下，左指何物右看何事？

詩記八田與一雕像被割頭事件（六甲烏山頭）

1我的頭跑去那裏？

我的頭跑去那裏

去潭底尋找最愛呢
或是循著水聲
越過嘉南平原
看看當初
水庫洩洪的奇景
還有水稻田的秧苗
綠油油地展現
大地春回的景色

那份激動
夾雜異鄉歸屬感

寧謐地沉思
觀賞水圳流經
涵洞的絕美設計
讓春水匯集成潺潺圳水

我的青春我們的愛啊
瞬間融和於珊瑚潭的
湖光水色中
只想沉默無言地
靜置在樹蔭底下

聽聽鳥叫聲
帶來水庫洩洪
按時灌溉農田的驚喜

2 割不斷

回想當時
我們散步在整排
南洋櫻盛綻的步道
傾聽你娓娓闡釋
圳水流經的鄉村
純樸的人情味
深深吸引咱們
決定蟄居這片
豐腴的綠地

此時煙硝味
應已沉入潭底
雄偉的洩洪口多淒美

水色清澈如同當年
遠從旭日東昇處
跟隨悠揚的汽笛聲
踏入這塊
溫馨適合讀書戀愛工作
生兒育女的嘉南平原

甭管潭水因季節轉換
寒冽若嚴冬
我們的愛啊
飄散在水聲裏
隱藏著兒女細細的呼喚

3 水圳的心聲

雖然此時水庫未洩洪
我們仍聽得到
遠方有誰佈下天羅地網
試圖凝聚所有青山綠水
將您們走過的痕跡
觸摸過的土地
化作汗水
揮灑在急需圳水施捨
滋潤的秧田

說什麼感恩圖報
飲水思源
皆無關族群紛爭

總得喝茶吃飯去
靜默地查勘溪水
流經溝渠的千姿百態

或是細看水色
如何還我本來面目

4 放水流

眼睜睜看珊瑚潭水
向西流放
這水聲可是遠從故鄉
飄洋渡海——
傳來當年你對我
許下愛戀纏綿的諾言

如今，放水口
洩洪奔馳遠遊的圳水
就像我們攜手前行
巡視大片曠野農田

至於撕裂傷口
隱隱作痛的後遺症
或許是季節性的偶發事件

＊刊載於『台客詩刊』8期（二〇一七年，六月）

咸卦

（六甲蓮花世界）

用蓮花鋪成的咸卦
我們漫步相伴
遊走於山上有澤的卦象

這時，芙蓉盛放的倩影
全部聚集在長鏡頭裏
準備裁製醞釀成詩
而展覽館珍藏的蓮籽
亦是漂洋渡海後
你小心翼翼地
將鍾馗朱紅的形象
蛻變為灑滿楓葉的江面

隨時可聆聽到溪水潺潺的鳴聲
訴說著那幕驚魂失魄的景致啊

可是暌違多年的情節？

索居賦

（麻豆水圳邊）

蟄居潛修
誰能點燈等候呢

清晨的朝露
在小寒凝結成冰團後
我們起身熬煮豆米
準備臘八粥，補氣又能暖胃
就像這片散策步道與綠林
嫣然已成為
賦詩自娛的好地方

面對當年的承諾
順著水圳走向
鐘聲永遠是
最準時的親密夥伴

學子開朗的笑容
始終是朝陽裏最燦爛
最具希望暨活力

誠如昔年雨豆樹下
觀星賞月運行間
令我覺悟
熱騰騰的人生
竟是寒冬暗夜
期待明晨一碗
溫馨的臘月米粥

並且諦聽水聲
思索生命繁衍的意義

＊後記：

1. 白居易——與元九書。小窮則以詩相勉，索居則以詩相慰，同處則以詩相娛。

2. 離開麻中已將近四年，柚園住家附近的休閒步道，當年蘇煥智縣長曾站在圳邊，暢談如何建立學校與社區整體營造。

3. 前幾天媒體登載賴清德市長至這塊已稍具規模的社區，並準備加碼規劃，實是市民之福。水圳邊經水利會綠化美化成散策步道與總爺藝文中心連接，又有麻中游泳池和桃花心木環繞的運動場。

4. 昔年陳唐山縣長主持全縣中上聯運時，曾讚賞此地「地靈人傑」。這時，正好提供柚園居民休閒及各校學生油彩繪畫的好地方。

5. 這幾年柚園與府城兩地奔波，驚見這塊社區的發展，實有「索居則以詩相慰」的感受。

歸鄉路

（麻豆）

柚香隱藏在山水迷濛間
紫營的露珠輾轉難眠
幾何圖形旋轉乾坤
點點滴滴讓測量儀的甜度
透過風乾的嘴唇
淺酌歷經醃漬的歲月
追趕颱風前
收成的進度摻雜飽足感受
總在清晨散策時
觀賞何謂後現代主義

抽離立體奇幻旅程
艱澀難懂除卻天地易位外
形象化抵擋不住
切割粉碎時的快感

季節回應期待
雖然被禁止噴灑有害環保農藥
我們終究是改頭換面前
唯一識得歸鄉路的印象派風格

＊刊登於《詩在線》（總736期）台灣詩人作品專輯。
＊收錄於二〇一七年中國徵信詩歌年鑑。

柚花飄香——
系列活動側記
（麻豆）

是誰讓柚花飄香的旋律
漂泊於小鎮的街坊巷道
我們熱情地探觸呢
就像畫布上隨意流動的油彩
展現水堀頭被遺落許久的跫音
逐漸隱匿在柚林宅園
等待那雙雕塑之手
輕輕地撩撥起
月暝音樂會懷舊的老歌啊
無端喚醒——
樸拙的陶土與晶瑩剔透的琉璃熔合後
那五彩繽紛的奇幻世界
不正是當紅美學的生活設計
寧謐地結緣在
誰家小築的柚香、茶香中

期許曼陀鈴優美、高尚之琴聲
再度落腳於愛樂者的校園裏

偶爾想起當年
醃製鹹菜暨思念親友的歲月
彷若濃郁的花香捎來
柚城綿延不斷的創作力和生機

＊刊載於《Poetry Road Between Two Hemispheres》第二集，西漢英三語本，由智利 Apostrophes Ediciones 於二〇一七年十月出版。

古厝與點心城

（麻豆）

蚵仔煎與臭豆腐的腥臭
瀰漫於鐵皮屋頂與新鋪設水泥地
磚紅色的圍牆長滿青苔
被拆除的屋樑、殘簷拋棄滿地
瓦解著你我遷移的愁緒

祖先的遺容呢？
閒置在路旁陰冷潮濕的角落
隨著時間發霉、酸敗
這百年誰家古厝
逐漸讓貪婪文化淹沒
甚至匿跡在喧嘩多迂腐的年代

點心城裏，叫賣聲震裂傍晚的暮景
海鮮、羊肉、排骨，蒸煎煮烤熬

至於燈火闌珊處，還有書展攤架上
過街錢鼠正啃蝕那本紅皮、精細雅致
專家設計和燙金的《古蹟維護》線裝書
同時瞪眼嘲笑——
稚童嬉戲的歲月
琉璃碎瓦隱埋在雜草叢生中

＊註：誰家祖厝歷史悠久格局宏偉，很可惜已拆除。現今改建成點心城。

愛在麻中

（麻豆）

如果早起的鳥鳴
調配井然有序的鐘聲
我們側耳凝聽
師長期許的溫馨話語
彷彿春分時節
校園裡雨豆樹正在萌芽成長

鮮嫩的綠葉欣喜探視
誰能結合學子千萬個
仰面企盼的神情
讓千手觀音化作微風
撫慰多采多姿，鋪設滿地
自桃花心木樹梢枝節
隨風飄散的枯葉
宣揚自強不息的精神

於季節傳遞之過程中
我們永遠是萬眾矚目
跨越歷史鴻溝的佼佼者

甭管縱的繼承與橫的移植
從山石暨泉水對唱
或是折桂及第的典故
我們對麻中有更深的寄望
由整排臺灣欒樹象徵著時序變換
至松鼠奔竄其間的老樟樹
還有沈艷瑰麗
寒冬到暖春開花的紫荊
無非是同學們筆下
細膩地描述
校園有愛、有你我能

共同回味的青春歲月
就像椰林大道上
盞盞靜默華美的燈火
照耀校園每個角落
腳踏實地呈現夢想中的願景

愛與希望

（麻豆）

鮭魚返鄉好像夢翔的風車依約
許下感恩、祈福的祝賀辭
深愛身邊的親朋好友啊
就讓這來去自如的情愫
激盪今晚的月色
夢幻一場也好，狂歡一時也罷
醉臥綠草茂盛的曠野
或者隨意扭腰舉手擺動
熱情的音符從舞台
從樹梢環繞群眾和燈火燦爛的校園
我們暫且忘憂暫且隨緣釋放吧
試想深夜該怎樣
守候明晨的晞露
與千年唐姬倒數計時
共度美夢成真的跨年晚會

＊後記

1.二○○六年臺南縣感恩跨年晚會於麻豆國中，預估九萬人共襄盛舉。

2.活動主持人：吳宗憲與小潘潘。到場藝人有楊丞琳、信樂團、羅志祥、孫淑媚、王識賢、柯有倫……

茶湯會

（麻豆六甲）

昔日有蘭亭集聚
今日有三更人賞創意之茶湯會
只見喜氣洋洋
筆墨霑濡悅見普洱茶湯
在舌尖與喉嚨間纏繞
想起深山採茶
初製毛茶後
我們總在煙嵐飄盪時
等待發酵並醞釀成詩

雖無絲竹管弦助興
也能聽到清流激湍的溪水聲
讓茶湯呈現色澤褐紅
唯愛香氣獨特
濃郁若冬日溫情

滋味醇潤回甘裡
彰顯文人雅士的幽幽之情

*後記：文創產品出自三更人陳泰源手筆。

月津港燈節

（鹽水）

1月迷津

走進竹林迷陣
猶似廣寒宮冷漠的月色
從細密的竹枝間
微微透露出
當年毅然飛離故鄉的原因
莫菲是追索光影變幻後
靜靜地沉思
愛情典故的浪漫情節
何以比不上長生不老的誘惑

聽說大寒養生
宜固護脾腎，調養肝血
凜冽的寒風中

我們迷失在科技文明
虛妄癡想的造景裡
分不清過去現在未來
唯獨等候燈火熄滅
誰能掌燈前來

指引你走出這片竹林迷陣

2春蠶吐絲

文學是一種藝術
至於該用故鄉的泥土曬成磚塊
堆砌建築
或用琉璃屋瓦裝飾為殿宇

這些論戰就像細雨灰濛的午后
看到廟埕前被雀鳥啄置播種
歷經歲月滄桑的古榕
數百年來挺直軀幹
望盡多少春秋寒暑

獨贊那隻會吐絲的春蠶
作繭自縛後
慢慢蛻變為彩蝶
展翅高飛於穹蒼

3 時光隧道

回到從前
漁火對愁眠的年代

碧綠螢光喚醒月津港
文人墨客吟詩賞燈
附庸風雅後
結伴悠遊港邊
道盡老街逐漸失傳的軼事

我們青春年少的歲月啊
總在回家路途中
傾聽觀音說法
偶爾傳來幾聲打鐵店裏
鼓風爐催促煉鐵成鋼
你不得不彎腰窺視
鄰家女孩的竹籬笆
綻滿朵朵鮮紅的花蕊

雖然水仙花
被擺置於街坊窗櫺前
準備盡情地盛開

4 燈亭

點燈照亮
提供溫馨休憩的好地方
鵝毛無意吊飾亭簷
詩句懸浮於夜晚空氣中

靜謐地等待
心靈窗扉打開後
我們應無所求
除了冥思感受外

和煦春風悄悄吹過
我們竟然無緣相對

5 水波盪漾

水波盪漾間
唯見當年攜手路過橋墩的跫音
隨水聲飄落河面

甚至聽得見群眾喧嘩
有誰堅持印象派畫風
筆觸未經修飾中
顯見寬廣無邊的構圖
慢慢擴散延伸成

光影投射變換後

昔日場景
徐緩地從新春喜慶的景象裡
冉冉浮現

6千姿百態

舉手投足皆是春天裡的偶發事件
乳白螢光旋轉夜色
奔跑碰跳無不展現四季風情

仰首謙卑莫非世態炎涼裡
我們遭逢悲歡離合時
所有世間事將傳達

燈火明滅霎那間

唯獨黑白無常

7 四季禮讚

桃紅春天的容顏
洋溢著青春氣息
也怕惹得一身騷

碧綠夏荷氛圍
方艾方生裡
看得見種籽萌芽的驚喜

黃橙金光閃閃

稻穗成熟的季節
浪漫詩句垂掛田野

藍白冬藏嚴寒的色調
雖是飄雪美景
蟄居等待春雪融化

*後記：二〇一七年燈節的主題是「四季禮讚」，以光環境營造四季氛圍，分別以桃紅、碧綠、黃橙及藍白四種色調象徵春夏秋冬。

戲金是土——
詩記鹽水月津港邊的永成老戲院

黯淡的月色無從選擇
玉蘭花香兀自散發出
多元角色所帶來的紛擾

這年頭流行台客母語
若能回復昔日榮景
迷濛的深夜依舊酩酊醉步
依舊是鄉土紮根後
原始歸屬感深深撼動

如果沿著港邊
悠長的河堤行走
是金亦是土的抉擇
每每於夕陽西下時
回想這一生

愛恨情仇已能無所罣礙

祇牘檜木造匾額
靜靜地懸掛於月光下
彷若訴說著
那年頭風靡台語電影製片
偶爾穿插悲喜情節
吸引年輕族群

或是盤踞廟口的長者
回味童年玩伴
何時返鄉爌土窯
焖熟蕃薯與雞蛋
翻掘熱騰騰的記憶

月津水仙燈會

（鹽水）

古時候港口漁火密集
八掌溪與急水溪曾經會合海水
文人雅士聚集亭內吟詩誦景
如今水仙花開
盞盞花燈漂浮水面

試問當年大眾廟前
誰會掘土闢港
港內船隻商旅聚集的繁榮景致
獨贊老街巷弄的水仙花
靜靜地安置於舊屋牆角
在藝術巧手雕飾佈局下
陶甕搭配豆腐板的主題
猶可吸引異鄉遊客觀賞

豪情詩意總會在春節期間
沿岸點亮燦爛的燈會
跟隨人群喧嘩，探尋古鎮特色
期待金猴報喜的蜂炮
沖天響起如雷的掌聲

橋南窗景

（鹽水月津花燈節）

復古風味，寧靜中默默等待
黎明初現曙光的霎時間
我們驚喜地發覺
昨晚有誰曾經躡足前來
探訪那片尚待耕耘的田園

沒有理由說明春節期間
艷麗的色澤充斥橋墩南端
文人雅士聚會唱和後
元宵燈節正上演
金猴嬉鬧祈福裏
所有因緣聚散合當沽酒賦詩
合當收拾山河殘局
冀盼水仙花開在窗景內
你我皆能護守這方來去自如

祇為了證明常伴楝雲的歲月
重新開啟大地樞紐
展現逢春滋長嫩葉的生機

＊註：鹽水月津花燈節。

台灣詩路

（鹽水）

既古典又現代
好比木棉盛綻不分季節性的守候
我們都能齊聚吟唱

陶燒的詩詞被黏貼在紅色矮牆上
遽聞四百年的滄桑歲月
就這樣沉澱在禾田芬芳泥土裡
縱使昔日天天搭車路過
仍難以抵擋同窗好友
久未謀面的懷思

且說木棉年年開花
牆垣不斷增長
從前輩至青壯年少
皆可藉著詩詞歌賦

表達對台灣這塊土地的熱愛

＊後記：台灣詩路以陶版烙詩，陳列在道路兩旁，敘述他們對台灣這塊土地的感情。每年三月木棉花盛開，舉辦「台灣詩路音樂會」邀請詩人吟詩共襄盛舉。

大內風情畫

（大內）

夜祭嚎海的歌聲牽引著我們
投入這項探索故鄉源頭的行動計畫
還有當初遷徙曾文溪畔時
淺灘的鵝卵石如何訴說
所謂村庄內外之區隔
無非是血液裏淌流著
共同的願景啊！讓蒼翠的薇草
等待有志青年於深秋季節
蒞臨這片未經開發的叢林
與精通崑崙典故的修行者
合夥探討二溪惡質地形的原始面貌
究竟蘊藏多少地殼變動後
咱們紮根繁衍，好像莿桐花開前
澤蘭種滿整片丘壑

至於解說鄉土逸趣之餘
我們汲汲經營與設計
祇想讓耆儒的傳說
透過田野調查的驗證暨電腦資訊網路
搜尋的過程，整理出最忠實、最完善的對話
如同高手過招
轉瞬間飄盪於山林裏的嵐氣
已消失得無影無蹤……

*附註：任職大內國中校長時，有緣與方崑合（現任鹽水國中校長）、黃翠薇、林志秋老師共同進行《探索大內》這項行動研究計畫，並獲得教育部補助經費，讓此項研究成果得以結集成冊，對於終生奉獻教育的基層教師，算是最佳的鼓舞與激勵！故為詩誌之。

關仔嶺之戀

（白河）

嫣紅簇擁，葉落滿地
蟄居棲憩的季節裏
徐徐浮現偶然靜止
的畫面，信守著那段
纏綿悱惻的流言

也許楓醉如鄉愁
當霧靄飄渺
四處流竄的煙聲
祇等撥雲見日後
妳我自在得如
觀音說法般的精妙

亦如蜿蜒前進之浮光掠影
讓我追憶——思想起的民謠風

就在塵沙拂動
千手千眼的菩薩聖號
磬音中，禮讚著：
無法磨滅的記憶深處
怎樣染印成鮮綠的山色
與裸露的岩層

至於風餐露宿
躑躅的跫音
豈是脈絡分明的對談裏
我們沿途揮灑
斑駁的殘跡
於手指揑掬時
讓稚童憨純的眼眸
聆聽親情的呼喚

議論起悲欣交集
誰能關懷這抹
單調，等待粉墨
登場的陰影

疏疏落落的山徑
難掩青翠嫩芽萌發前
靜靜觀賞煙嵐自谷底
冉冉飄昇
還有異地相逢，醺紅的醉意
逐漸融化於溪澗深壑
淙淙水聲眉批註解
潛龍騰翔的有情歲月
何時留下那份
不如歸去的悸動

若果翠綠如茵的草坡
掩藏詩經國風裏
悠哉悠哉之情韻
遐想水花濺飛
傾瀉如游絲，緩緩
編織成
細水長流的鍊帶

澎湃的思潮
轉瞬間幻化為
無法詮釋的掌故

石斛蘭花瀑

（白河）

寄生在龍眼或茄苳
老樹上的石斛蘭
春秋開花季節
整串花朵垂簾而下

如同本草綱目中記載
其莖狀似金釵之骨
可藥用生津止渴
主治熱病傷津症

其實養陰益胃之餘
亦可觀賞繁複的景色
花串如瀑布
彷彿從天而降的珠簾
除了吸引遊客外

我們細心培育
萬紫千紅中
最適宜栽植的
莫非是遲遲歸來
無所謂鄉愁的思緒

＊註：石斛蘭花瀑——白河區汴頭里。

施無畏

（白河林初埤木棉花道）

數朵木棉自菩薩
拈花的舞姿飛擲出去
精細的掌紋微微透露
春天之訊息

還有水分暨養分
應百穀滋長的泥土
輾轉化身為樹幹年輪
象徵長滿厚繭的雙手
該用愛與關懷量身定作啊

雖然慈眉凝視的神韻
於眾生合掌、膜拜、祈求中
我們依然能回憶起
淒美的傳奇
述說著這段施無畏的掌故

芙蓉盛放

（白河）

1 荷風翽翽

只因你意外地蒞臨
整座蓮花池便盪漾著
午后溫煦的氣息

而粉紅淡雅的妝扮
透露昨晚為趕赴這場饗宴
咱們就得親自編撰浪漫花語
期許臨風飄逸時
也能仔細思索：
初次結伴賞荷的經驗
該是底片沖洗前
發現顯影劑的後遺症
將專程南下商討對策

雋永的墨綠情調
如何攀附寶藍色的水影

2 戀戀蜂情

宛如依偎互生的情節
在被攝影家調整背景
噴霧處理後
你翱翔採集詩歌的風采
凝結於瞬息萬變的氣流轉動中
靜靜觀察含苞盛綻時
咱們聯袂探訪
蓮種萌芽前的驚悸

3 雨夜癡情

每次颱風侵襲後
我便檢視脆弱的花瓣
是否能於暴風雨的夜晚
抵擋得住歲月的摧殘

而霑濡雨珠在長鏡頭拉攏下
散開如燈絲的花蕊
點醒昨夜未眠的騷人墨客
淺酌品茗之餘
更能填詞賦詩
所謂人生自是有情癡

除此之外

徜徉於雜草叢生的湖畔時
偶爾會想起
同舟共濟與楊柳
垂音的時光洪流裏
一朵姬妃蓮怎樣渡過
細雨纏綿的子夜

4 盛粧待嫁

豔麗華美的妝扮
終究是一場
馬蹄聲踏過青石板道的情懷

其實，黃綠球狀的花蕊
宛如說法講解經義時

髮髻間盤纏之輪廓
莫非是昨晚深夜觀察星空後
起身將所有
濃霧籠罩下的葉落聲
隱藏於溪豁間
等待晨曦說明：
誰家門口懸掛著數盞朱紅燈籠呢

5 蓮生貴子

蓮蓬迸裂的種籽於萌芽成長過程
彷彿多年來緊追不捨
希冀溫暖潮溼的潟湖
停駐過冬守候的海鳥

至於蛙鳴也會製造出
情調浪漫之傳說
每每午夜萬籟俱寂時
回想山上有澤的卦象裏
佈滿你低頭凝望九品香水蓮
而我迅捷地按下快門
捕獲數十年前
曾經遺落的神情
就像被冰封的玲瓏曲線
在媚登峰招蜂引蝶下
釋放出熟稔的身影
或是提醒我們
胸前的紅痣成為異地重逢
辨認親情的特殊標記

過火
（學甲慈濟宮）

撒鹽的炭火等你快速通過
燒紅的記憶猶能想起
當初勇敢搶渡黑水溝時
故鄉耆老一再告誡
他鄉路遠可曾記得
所有傳說皆是
莿桐花開後
我們遙祭白礁祖廟
祈求香火傳遞某些
藥籤裡的秘方

准許耕種之餘
尚可於廟埕前
說說隔壁鄉鎮有誰
冒著風雨攜家帶眷

遷徙來此定居
祇為學習北宋時期的傳神雕刻
還有栩栩如生的交趾陶
搭配剪黏純熟技藝
偶爾臨摹龍飛鳳舞的狂草氣勢

＊後記：慈濟宮廟中神祇據稱刻自北宋，為白礁慈濟宮祖廟建廟時所雕三尊神像之一。正殿中有著名書法家楊草仙先生於九十高齡時手書狂草「龍飛」、「鳳舞」四字。葉王交趾陶與何金龍剪黏為鎮廟之寶。

學甲華宗橋
（學甲）

路過華宗橋
猶想起父親的叮嚀
該照顧弟妹已是無法否認
無庸置疑的責任承擔

還記得溪水曾經於夜晚
晃盪著粼粼碧波
深藍色的水花吸引全鎮民眾圍觀
這橋名響叮噹
安全島與整齊的道路規劃
留下後人稱讚的口碑
通往苓仔寮的橋墩
就這樣橫跨將軍溪
現代感的設計璀璨絢麗

攝影師獨到的美感技術
都讓呈現幸福的指數狂飆破錶
這時，兩岸公園化的悠閒景致
每每於日落黃昏後
觀賞夕陽餘暉倒映溪面
同時細數陳年往事
看盡人生百態

掌中戲

（學甲）

嚴風凜烈，絲瓜棚架的翠綠龍鬚
沿著紅瓦古厝的窗檻
攀附著月色冉冉爬昇

廟前廣場的布袋戲
正一齣齣搬演
老謀深算的天生散人
大智若愚的老和尚
浪漫多情的賣唱書生
如何在多險惡的江湖
廝殺、纏鬥曁拯救蒼生

深夜，誰雕木為偶？
細讀稗官野史和編造戲曲文詞
隔著層層簾幕

奔走於異鄉故里，說書、演出
道盡千古風流韻事啊
至於掌中弄巧
竟也能呼風喚雨！
野莽叢林裏猶隱埋藏匿著
百萬雄兵

偶爾論及赴京趕考的窮困秀才
屢試不第時，胸積鬱悶與求神問卜
於九鯉仙公廟閒話幾筆
試問掌中功名何在？

詼諧盡致後，宛然出場
五指運轉在乾坤中
三寸傀儡呢？忠奸分明

恩怨糾葛；彷彿對話閒談間
花開花落該是
戲若人生最佳的寫照

嫩綠絲瓜棚架的金黃花蕾
依然朵朵綻放
落幕收場前
踩著眉月，酩酊入睡
屋後的梧桐樹正搖晃著
爹娘的夢囈與期許

老塘湖藝術村

（學甲）

閩南與塞外風情
迷失在武俠境界中

老塘的湖水
聽說是移植自天山池水
老榕樹歷經數十年風霜
紅磚古厝在頹廢風格裡
顯得懷舊韻味十足

無論福杉或台灣檜木
蒐集歲月痕跡
配合現代新穎手法
矛盾衝突間，擷取彈性空隙
創造思無邪的休憩場所

仰望

（學甲莊氏孝思堂）

靜靜地仰望
彩霞於晨曦詭譎多變中
思忖孝悌之道
無非是枯萎的枝椏
還有飄零落葉蕭瑟裏
驀然驚覺孝思堂前
莊氏家族的血脈
流動著孩提記憶
地方耆儒碩老口述傳說的典故

你我能想像嗎
自從出嫁冠夫姓後
每逢佳節多少田園記趣
猶如石獅被塗抹上
鮮艷的彩妝

招財進寶便成了
村民口中無法抹滅的標誌

*註：學甲一秀里莊氏孝思堂。

畫語錄——

詩記學甲李伯元畫作

1 狂草

酒醉之後
狂草飛舞於黑白交融之處
陰陽相生相長的意象
在轉折地方呈現雪溶景致

無意間流動的筆墨色澤
陰暗分明可見
下筆時仍留有稍許揮灑空間
期待粗細對比後
你若有神助般凌飛江面
充滿慈悲喜捨的情懷
讓愛隱藏無限可能

2蓮花座

水中升起一朵水蓮
說法解經亦能在潑墨技巧
傳達某些意念後
就像醉紅的花苞
傾訴著：
夜深人靜時
有誰起身點燃上好的水沉香
準備清晨誦唸妙法蓮華經

3春天

色調豔麗充滿浪漫氣息
猶如冬眠後，甦醒的季節

往往在雷鳴驚蟄前
編織一場美麗的夢境
雖然有時偶有
昨夜無怨無悔之鄉情
勾起學生時期的回憶

手執英語讀本
請教梵文的精緻翻譯
以及禪宗公案如何參悟

4 擁抱

藍綠互相擁有各自天地
山水交談彷若寒冬夜晚
我們點盞油燈

讓色彩在堆疊策動中
提供最完美的結局

於誦經禮懺聲裏
無所謂愛恨區別

5夫妻

無所謂愚夫婦與賢伉儷
當鶼鰈情深的容顏
懸掛在台灣欒樹
繽紛多變的色彩中
寧謐的氛圍互相依靠成性
閉目養神暨陶醉的神情
就像執子之手

與子偕老的諾言
一直信守著
陳年醬油沉甕底的製作手法
如同豆腐心般的溫馨與柔軟

6 邂逅

山上有澤的卦象
只等綠地回春時
再度與你相遇於天地間

看凝固厚重的色塊
以及形體被抽離後
我們一直以最真摯的心意
讓透明移動的油彩

連結成今年冬季裡頭
最感人最懷念
最耐人尋味的故事環節

7 古厝

紅瓦屋頂三合院的古厝
我們蟄居於此
書寫不二法門的自在
畫盡多年來羈旅國外
或則與夕陽乾杯
回想當年如何走進
古銅色的鐘聲裡

雖然頭破血流

也只是青春年少
學藝的過程有如披荊斬棘
期許冬至之後
樹枝霑滿雪白景色
我們共同遵守
家族傳承的志業

8 無題

完美的意象組合
寄情喻物不得而知
時常在線條忽隱忽現中
慢慢體會萬事萬物蛻變的道理
或是陳年往事發酵後
新潮的技藝手法就在畫面切割時

逐漸浮現獅子吼般的震撼
甭管收藏價值如何合理化
突破規範一直是我們
創作至高無上的準則

9 長出

紅花綠葉從蔓草雜生裏
凸顯山泉怎樣自山壑間激湧而出
鮮綠的色澤會是立春雨水之後
我們等待春分時節
剛萌芽的嫩葉帶來
欣欣向榮的景象

而朱紅的顏色
莫非是樓閣外的春天裏
我們冀望
謙遜好學的成長之道

＊後記：畫作主題皆源自李伯元命名。

學甲亮起來
（學甲東寮）

等待煙靄蛻變
多層次金橙彩霞
慢慢從中央山脈的山頂
攜帶溫馨的笑容
讓學甲從睡夢中
甦醒……

甦醒於虱目魚
跳躍的水波
或是竹篙山戰役
遺留的悲痛
迫使急水溪旁的居民
逃奔至異鄉
而將軍溪畔頭前寮
上白礁謁祖祭典裏

我們猶記得
當年先民勇渡黑水溝時
可曾臆測到蜀葵花
盛開的季節

至於賽鴿笭
敬天法祖的競技活動
每每在西瓜成熟採收後
仍然想起蒜頭的辛辣味
瀰漫整個鄉鎮

＊註：東寮鐵馬道附近的日出景色。

乾涸的魚塭

（學甲）

虱目魚捕撈後
攤開在陽光裡曝曬的泥土
於紫外線殺菌作用護航下
明年養殖作業再度啟動
至於今年漁獲量是否豐收
如同乾涸的魚塭
渴望清晨多變化的彩霞餘暉
有咱們共同的願景

偶爾鮮綠細嫩的草坪
無言展現惡劣環境
仍可擁有一片天地
默默經營養殖場
甭管對岸收購量如何
我們依然是鋪陳在朝陽

休養生息的家園
只為了養家餬口

濱海聽濤聲
（將軍馬沙溝）

荒草湮沒這小徑
獨膡舊電線桿上憩息的海鳥
而茅廬鏽蝕的鐵環被丟棄於路旁
掩藏不住那些臨床實驗後
匆忙離開戰場
寂寥的心情總是暮色低垂時
浪濤聲裏尚能看得見
狗尾草多纖毛的邊緣
漫無止境地延展
增添幾許饒富趣味的聯想

讓漁船的馬達以二十海浬之時速
切割整塊深藍的海域啊
我們的歌聲擴散如
肥厚滑嫩與多汁的草海桐

被川燙或醃釀成詩前
堅韌的性格果真能變裝
招引無數白鷺鷥遨遊海蝕平臺
盤踞整條防波堤——

細雨飄香
（將軍香雨書院）

香雨往往在禮佛拜懺後
自鹹濕的海風飄散
夾雜稍許泥土及紅蘿蔔香甜氣味
為地方文物與藝術家作品
找個可以訴說記憶的地方

這些夙願烙印在矮磚牆
雖深知紅楓落地秋意深
我們仍然努力尋覓一朵紅蓮
無論關雲長的美髯鬚
或是留美觀自在版畫
都能記載數千次的虔誠造訪
怎樣推動文化紮根

也許蒐藏、整理、研究

展示與出版美術作品集之餘
看得見文學作家的手稿墨跡
闡明歷史文化傳承的重要性

從此旅外鄉親深切體會
鹽分地帶的農田裡
可有當初惦念的熱情
隨著禮儀消失於香雨淅瀝聲中

＊註：「香雨書院」創辦人林金悔，於二〇一二年九月二十二日將所有文物書畫捐贈給國立臺南大學。

夢翔的風車

（七股）

黑面琵鷺以快速翱翔的舞技
停泊在風車旋轉的潟湖
是誰揹負苦行者之烙痕
一步一腳印行走於故鄉鹹濕的路面上呢

夜深靜寂中，我們唯能相依偎的
或許是雞鳴聲裏起身舒展
這遲來的喜悅啊！
可有當年破除禮教束縛時
那份攜手共渡江河的雄心壯志
於跨越世紀的對話中

許下再造濱海樂園的期望

＊後記：曾去四草台江泮與黃徙談到當年苦行之事

夢想續航

（七股）

曾經黑面琵鷺棲憩過
曾經滄海桑田
曾經漁船駛進港灣
曾經粗鹽堆滿瓦盤
曾經鯤鯓的海潮波濤洶湧

這時，越過港灣行經鹽田
看見竹筏潛行於潟湖上
看見黑面琵鷺淺水覓食
看見魚群深海悠游
看見白鷺鷥築巢樹林間
看見夕陽西下，彩霞燦爛
看見海上蚵架掛滿點點漁火
看見溫馨家園華燈初上

如今月色光華灑滿大地
夢想飛翔，繼續航行千萬里

國聖燈塔
（七股）

誰說這片黃沙萬里的綠洲荒漠
猶如撒哈拉佈滿旅客斑斑足跡

曾經被海水淹沒或颱風吹倒
也因海岸地形變遷
海浪挾帶砂土拍打堆積
國聖爺的燈塔就佇立在
這條漸漸露出海平面的狹長沙洲
黑白相間搭配廣漠蒼涼的黃沙
相映水藍穹蒼與海浪滔滔
守護漁民帶領他們找到回家的航道
安全回到溫馨的鄉土

多想輕輕摸觸這柔嫩的砂礫
碎裂崩解為海邊細沙

遐想塵土飛揚
深淺不一的曲折波紋
隨風變換不同面貌
彷彿置身於為愛走天涯的浪漫中

檨仔花走山紅

（玉井）

就像噍吧哖事件的風雲
於檨仔花開遍整座山野後
西來庵的五福王爺
慢慢喚醒芒果成熟季節
有誰頑強抵抗
東昇之日何以能焚燒山林
染紅荒野溝渠呢

這些歷史記憶
總在王爺公庇護下
見證當年烈士被屠殺的事實
雖然看不到濃霧籠罩山頭
是非成敗瞬間歸化為塵土
仍難掩被拔根啃食的痛楚

藏匿著不肯屈服
祇想落地生根
綿延繁衍的台灣精神

＊註：

1. 樣仔花走山紅＼遮＼血流過！（余文欽台語三句）

2. 二〇一七年十一月二十五日噍吧哖事件風雲清唱劇（余文欽作詞，黃南海作曲）於玉井舊糖廠的噍吧哖紀念園區圓滿成功演出。

3. 黃徙——樣仔的故鄉玉井遮（這裡），有一種氣氛＼一種古味＼一種山石＼埋著台灣彼陣毋驚死的靈魂血色！

梅影芳蹤

（楠西梅嶺）

賞梅總是從風櫃斗的神話
流傳至梅嶺的雞啼鳴聲

就在楓紅過後
我們驚訝地發現
當初曾經於兵荒馬亂
趁深更半夜，噙濕露滴
含淚凋謝……
僅剩微晰的倩影
掩藏著腦海溝壑中
無法隱匿的節氣
好好規劃故園裏
何處品茗？何處勒石存檔

也許，筆耕心情

宛如抽屜內留存之賀卡
帶來多少莫名的悸動

重陽登高倍思親

（東山仙公廟）

讓你們休憩片刻
當山色以佛手瓜藤攀爬的姿態
蜿蜒登高，所有殘木、奇石
竹棍吆喝著中年以後
微胖的身軀

冷冽冰寒的氣流沁透在血脈裏
嫣紅微醺的臉頰泛盪著
桃花含蕊的潤澤
於你幼嫩細膩的纖手
宛若忘憂草無垠地生長
也許臍帶初斷時
淒涼緬懷的往事如萱草
依偎著山涯

裊裊梵音裡因緣俱在
縫製錦囊盛裝茱萸後
眺望山坡腳下
誰家備禮告祭，抽籤擲杯筊
持酒潑灑呢？

＊後記：臺南東山孚佑宮仙公廟是一間位於崁頭山西側山腰上的呂祖廟，環境清幽、後方還有登山步道，是許多登山客常去的著名景點。

柑仔店

（龍崎）

五味雜陳，油鹽醬醋茶
紛亂地擺設在油漆剝落的牆角門旁
散發出溫馨、可掬的笑容
至於秤斤論兩前
厝邊隔壁的茶香便沉澱於瓦甕裏
而晶瑩剔透的紅糖呢
據說能養顏、滋潤肌膚與清涼退火

雖然糖甘丸，一粒五角
外加十個空虛的沙丁魚罐頭
就可換取數卷麥芽糖
像似雲層膠稠黏纏的氣流
靜默期待
春雨前第一聲雷鳴

所謂芥子納須彌
熱絡醇甜的鄉土情懷
如雨後春筍般傳遞著
鄉巴佬蟄居田園，順手摘取安石榴
企盼堅實果皮破裂時
能夠蹦跳出鮮紅的種子

＊註：臺南龍崎沒超商，唯一柑仔店六十歲了。（聯合報：記者綦守鈺／二〇一五．十一．十二臺南報導）

＊刊載於『台客詩刊』4期（二〇一六年，六月）

牛埔泥岩夢幻湖

（龍崎）

光禿禿的泥司惡地交錯排列
丘陵與壑谷歷經溪水沖刷與長期侵蝕
建構了獨特的月世界景觀
彷若造物者鬼斧神工的風貌裏
青灰岩地質高低起伏
荒涼如月球表面
黃砂土更無法栽種草木

唯獨生態工法轉化移植
裸露惡地逐漸復育發展
成為夢幻中的湖光山色
驅使牛群放牧的荒埔泥岩地
綠意盎然，充滿無窮生機

暫且停駐涼亭休憩

雨中步道響起如歌行板
蒼鬱的草木環繞湖畔
聆聽鳥啾蟲鳴隱藏於潺潺溪聲

原來野花早已盛綻
湖面氤氳飄浮
旭日由此地昇起

古厝月夜・樂未眠
（後壁黃家古厝）

誰能度量當心
誰能權衡在抱
戊午年芒種之時
因緣際會得以
瀏覽閩南建築風貌
還有八仙渡海的傳奇典故

如今菁菁者莪
移植與感念之情
豈是曼陀鈴樂聲中
你再度陶醉於
荒城之月的意象裏
可有紫雲騰煥後
靜靜等待露水滴落瓊花呢

而中提琴與鋼琴
搭配演出的雨夜花
總在夜鷹啼叫時
觸動心扉深處……

*後記：一九七八年（戊午年）初任教師，曾與父親去後壁黃家古厝，承蒙黃崑虎前輩親自接待。一九九七年初任校長派任於後壁菁寮國中，誰說此因緣冥冥中已註定。

荷塘殘夢

（新營天鵝湖）

雖然冬荷已枯萎
水色仍澄清如昔
獨見誰依舊容貌艷麗
風姿綽約的身影
款款前來傾訴

似楊柳搖曳的腳步聲
猶保持當時同舟遊湖
低吟輕唱與閒談間
共同約定數十年後
殘荷枝梗縱橫的局勢
窺見狂草揮毫前
偶爾驚奇地發現

原來荷枯祇是隨心自在中

準備蟄伏冬藏後
期待來年夢裏相逢

*後記：天鵝湖環保水上公園位於新營區埤寮里北側（原名埤寮埤），是新營區唯一的天然湖泊。這裡原本是由嘉南農田水利會所代管，為了灌溉鄰近農田而設置簡易蓄水設備。湖內廣植荷花，隨四季轉換呈現多樣風貌。

冬荷

（新營天鵝湖）

線條美感揮灑於湖光瀲灩裏
一筆一畫皆是暖冬未寒時
枯萎的殘荷建構成
水墨意境中
你我曾經流連忘返
尋覓當年無意遺落的跫音

遠遠望見優雅的水鴨
悠閒地戲水於荷枝倒影
偶爾襯托幾片嫩綠的荷葉
祇為說明殘缺美學
會是方艾方生循環間
帶來季節沈澱後
猶能展現生生不息
綿延不絕的生機

榮枯之間

（新營天鵝湖）

枯萎的景像
何以能夠在水中映象裡
發掘到雜亂有序
青翠晃動的歲月
仍擁有當年芙蓉盛放時
所有浮光掠影
媚姿雅態無不展現
欣欣向榮的境地

這些自然秩序的運轉
如同細嫩的幼苗
自水面探頭也可長出
茁壯有生機的荷苞
隨著枯蕭的落葉
演唱一齣悲歡離合的詩劇

設想榮枯之間
思惟變得更加清晰而脈絡可尋

望夫門

（新營二二八紀念碑）

蕃薯落地生根的泥氣
夾雜著野菜香味
在黃梅成熟，綿綿春雨的季節
不斷傳來熟稔又疏離的咳嗽聲
被淋濕、鎮壓，彷彿白色標語
逐字粉刷油漆後
隔著重重帳幕，猜想黎明前
奔走鄉土的蹤跡不知歸宿何處？

裊裊輕煙呵，阿婆的臉色蒼白如雪
緊縮的筋絡好像蕭瑟秋風裏
孤寂冷清的馬場町暨六張犁
沙啞低沉地淒嚎……
每每於三更半夜
哭泣吶喊：屍骨曝曬溝渠

的冤情何時平反？

試想寒窗荊扉外
痀僂的背影透過廣角鏡頭
投射烙印，然你迅速地眺望
乾枯企盼的網膜上
百貨集散，南北往來
耀眼的霓虹燈不停地閃爍
禁止街道抗議的警告牌坊呢
正穿梭漂浮著多少迷惑
結黨成群的魑魅
默默地蹲踞在廢墟，黯淡的牆角
偶爾扔擲傳遞——菸草嗆鼻時
活躍山林的猛獅從酣睡中
驀然甦醒，同時憤怒地吼嘯！

時空驛站

（新營火車站）

看誰在人群中竄動
時光交替的眼神裏
我依稀認得秀髮紛飛的意象
掩藏不住這份期待的驚喜
而你精巧地捲起袖口
宛如汽笛聲呼喚不回
漸漸離站而去的身影

除了焚香禱告以外
路口的街燈被貼上尋人啟事
驀地夢裏尋他千百度
也祇是翌日清晨
我們相約見面
你雅致素樸的妝扮
帶動某種流行風潮

那年頭，坊間到處盛傳
藤式編製的皮件無所謂
環保意識與造型藝術

其實，驛站前閒話家常是好的
就像那朵嫣紅玫瑰從含苞待放
至中年豪邁的情愫，儼然形成
晚霞歸隱後最佳的依靠

西庄嘉年華

（官田）

綠色隧道直通水雉故鄉
窄巷街坊流傳著默娘神旨
還有紅瓦厝前的柚園
擠滿簇擁成群的異鄉旅客啊
聽說廟方提供甜味適宜的圓仔湯
可庇護璀璨前程暨國泰民安

原來祇要好好奮發圖強
也可沾濡甘露
更可張燈結綵
並且點燃五柱香
祈求關愛的眼神
何時降落吾家門庭
期許凌波仙子駐足葫蘆埤
帶來濃郁的菱角花香

阿母的目屎

（官田）

且說那一天風雲變色
雙手高舉，呼喚天地之餘
家鄉的凌波仙子
就一直在風雨飄搖中
觀看晚霞掩映湖面
葫蘆埤水淒切地傳唱
阿母的目屎
每每於暮色低垂時
告訴你誰家母親
悔教孩兒覓封侯的軼事

雖然巧匠舞音的鮮美台灣鯛
在產銷履歷雙認證下
尚能帶來水雉棲憩後
復育生態一直維持著

當初離家前
純樸的風貌始終隱藏
阿母殷切的叮嚀聲

*後記：巧匠舞音進駐官田鄉葫蘆埤觀光休憩公園，經營並提供ISO22000及產銷履歷雙認證台灣鯛。

穀倉餐廳
（西港）

微弱的燈火搖晃著
整畝稻田被收割後
稻草與粗糠再度
裝飾成浪漫溫馨的情意
雖純樸仍懷舊

胡麻釀造香味
瀰散寒流南下的夜晚
讓酸梅茶飲點綴
雪白印記的節日
水漬擴散中
傷痕留疤處

點點滴滴記載
燈火明滅時

我們重新點燃
這間愛戀分明
典雅親切的穀倉設計

＊註：西港穀倉餐廳——將閒置已久的米倉經過整修，選用在地、當季食材和少使用加工食品作為餐廳主要特色。

南瓜與波羅蜜
（左鎮）

紅橙的皮肉綴飾青綠斑紋
想必塵封靜候的歲月
你曾經路過此地
閉目養神後，逐漸隱匿於烈焰裏
這難分難捨的臭皮囊啊！
總在葉枯蒂落時
猶可摘除前世的因緣果報
隨即蛻變成煙霏
飄散在草山沉寂的叢林中

或者搭乘竹筏，撐篙渡河
擷取用菩提咒語剝開的波羅蜜籽
觀賞鵲鳥冉冉自深山壑谷
飛騰……

＊補誌：左鎮出產南瓜與波羅蜜，就像教堂與安樂園設立在草山風情中，偶爾追念那齣《進瓜償願》的舞臺劇。

草山月世界308高地

（左鎮）

孤寂浪漫的草山
栽滿刺竹紮根於裸露惡地
隨著四季轉換披上不同色彩

這片高地適合品茗聞香
適合山雞奔跑於香菇寮
偶爾觀賞霧氣凝聚再隨風飄散
瞬間美景媲美國外高山景緻

即使枯黃季節
彩竹襯色下
誰能想起傳說中的佳人
如何帶著懊悔情意
面對荒涼山色
親聞寒梅淡雅清香

有時，咱們曾經聚集觀察
煙靄怎樣游離於山中
緩緩傳來魅影歌聲

德元異國風情

（柳營）

彷彿看見梵谷駐足在橋上
描摹風車隨緣運轉的風貌

露營也好踏青也罷
我們在此感染荷蘭村的風情
看那紅磚橋下垂柳搖曳
雛菊盛開，深淺歡樂聲
瀰漫整個樸實的農村

景致迷人的田園風光
源自珊瑚狀水域
就像荷蘭移植過來
足以讓咱們休憩停佇

偶爾傳來酪農產業區

數聲乳牛鳴叫
或者搭乘五分仔車
體驗早期運載甘蔗的甜美記憶

關聖帝君

（關廟）

誰能過五關斬六將
雖是情愛糾葛重重罣礙
亦能突破內心煎熬
享有桃花綻放時的喜悅

甭論功賞祇想掃除荊棘
再度研議桃花樹林下
笑談日後相逢時
長江浪花捲起多少古今軼事

如同整畝釋迦鳳梨
風靡有草木的地方
盛傳聖君已進化尊者
輪值掌管雲中事
並準備多元口味的麵條

好好祈求——
虛無飄渺間
春筍隱藏無盡密語

紅瓦厝

（歸仁）

熱情如火沿著高鐵
開滿橘紅色花朵的木棉道
雖處邊陲地帶
亦能焚香於保生大帝
濟世救人的神奇醫術

至於上武當山觀看北斗七星
如何運轉於北極方位
所有王船醮典暨遶境活動
都讓殘窯燒紅磚瓦
慢慢築瓦厝而居

有所謂平埔族遷徙
耕耘開墾荒地的舊社街
加上赤崁原民移駐後

天下歸仁的名號
從此傳為佳話

烏山厚德紫竹寺

（南化）

竹林遍植荒山
遠從內門紫竹寺
越過崎嶇蜿蜒的山路
迎承觀音靈氣
駐紮龍鳳穴吉地

山後百花盛開
爬山小徑陰涼舒適
沿途冥想六字大明咒
跳躍於樹林裏
即使五教融合
寶光聖堂的一貫教義
往往於不遠處
清澈水庫洩洪時
聽得到當年噍吧哖抗日事蹟

遺留下多少
檨仔花走山紅後
獼猴佔滿整座烏山
君子厚德載物於茹素間呢

禪思
（下營）

蠶絲糾纏於寒冬深夜
多少難以切割的情思
便在龜蛇意象中
彰顯雲遊四海後
精通藥理的狀元師
除降妖伏魔外
還能勘查風水地理

桑椹與黑豆
紅紫黯墨皆能顧及甜鹹口味
無論養蠶吐絲或結繭成蛹
破繭為飛蛾產卵
都可在釀造醋暨醬油的過程裏
溫馨如整群白鵝嬉游池水

誰說茶燻和醉酒滋味
增添飯後棲憩文旦樹下
閒談話家常的逸趣呢

藝術家之旅

（下營）

造訪眼鏡蛇蟄居的房舍
自由、多變化的畫風
宛若靈蛇一般
曲蜷線條於冬眠蛻皮後
頗能造就一個自然天真
讓金屬焊接造型
具體呈現既超現實
又浪漫的田園景色

雖然異國的生活情調
抵擋不住對故鄉的思念

＊註：下營眼鏡蛇派藝術家——楊秀宜住家。

臺南水道
（山上）

飲水思源該是水道淨濾中
數十株老樹與黑松
見證汲取自曾文溪的地表水
經過多段沉澱再移轉到過濾器室
這些過程說明山中有澤的重要性

也許唧筒揚水至沈澱池
鵝卵石砌造的階梯依然溫潤
陽光緩緩西移，無端闖入的愁緒
總在媽祖靜默沉思裡
思索無高牆鐵窗設置下
啟發自尊心比照民生飲水
同等需要與急迫

*註：臺南水道——一八九七年（明治三十年）年，由臺灣總督府衛生顧問技師巴爾登（W.K.Burton）與濱野彌四郎進行臺南地區的水源、水質的調查，並於一九一二年（大正元年）年開始建設，工期共歷時十年之久。

白蓮霧

（新市）

天罩濃霧，黑鷺不再騎水牛
只想尋覓當年與文旦齊名的白蓮霧
何時結實纍纍懸掛於老蓮霧樹上

雖然科學園區有所謂考古遺址
都無損於我們尋根的熱情
就像蓮花自薄霧中挺出
晶瑩剔透裡顆顆皆是故鄉情懷
即使鄰近古台江內海
堤塘港與新港堂的特色
就在文化鄉長創意構想下
展示西拉雅平埔文化暨
漢人移民發展的歷史軌跡

道爺和霞客迎曦詩意中

斜張橋的造形帶來
多少異鄉科技人駐足樹谷園區

＊註：南科科學園區有道爺湖、霞客湖和迎曦湖。

曾文夕照

（安定）

祇見溪水穿越橋墩
飛鳥翱翔於落日餘暉裏
風中蘆葦隨風搖曳
這時，遐想百齡莿桐
在村民福證下永結連理

當地方耆老表示
從斑駁木門與銅製門環
殘存的歲月痕跡
可以窺見當年勇渡黑水溝後
駐紮 墾荒 結集於此
遺留下來的古風
如同溪邊撿拾王船
迎奉建廟祀的傳奇

安定是福星拱照的涵義
繁衍子孫傳承香火
胡麻竟成了產後坐月子
滋補虛弱的身軀

即使無患子可用於清潔美容
綠蘆筍的美味
可是鄉土風味餐的可口佳餚

儲存稻穀的器

（仁德）

以仁義道德執教當地
雖然農村儲存稻穀的器
號稱塗庫，我們都能明瞭
平埔族曾經駐足
曾經觀看三爺及五帝廟溪
分別注入二仁溪流入臺灣海峽

也許雄偉的大衛雕像佇立庭前
爾後，遷移至目前美輪美奐的博物館
所謂科技融和美學
應証生命追求的目標
就在曼陀鈴巧撥聲中
享有釣魚 畫畫
彈琴悠遊的樂趣

或者前往保安站
購買至永康的區間車票

街坊素描

（永康大武街）

各種湯類連同清粥小菜
搭配手工水餃及麵羹
這些平價餐飲任君夾取

整條街坊除了茶之魔手
提供獨特味蕾外
我們還能選擇健康食品
暨全方位護理醫材
看生老病死的自然景象
曝曬在陽光底下醱酵成詩

還可清心寡慾啖食素菜
暢談坐骨神經糾纏的痠麻
必需體外高頻率震波打通經脈
纔能紓緩寫詩時

所帶來的狂想癡情症

廢墟外的驚喜

（永康國軍眷屬用地）

鐵絲網內鳳凰依舊開花
翠綠的樟樹
偶爾窺見松鼠來回穿梭

咱們可曾想像
當年移居於此地
落寞的心情
就像隨風飄搖的種苗
好想落地生根
攀附破舊門牆
以及新設置的金屬網絡

按時開花結籽
等待季節遞嬗後
枯萎凋謝

*後記：鐵絲網內的園區是昔日國軍眷屬用地，如今廢墟一片，使君子攀附門牆。

印鑑

（菁寮、大內、麻豆、台江）

從菁莪山莊的葫蘆墩
遠望無米樂社區
我們靜靜地在墨林村
搓揉染缸布料
傾聽教堂尖頂的雞啼
如何用藺草編織記憶
輾轉到內庄的曾文溪畔
聽聽平埔族夜祭的牽曲後
仔細觀察星象位移的軌跡

爾後，柚子花香
自故鄉的家園
傳來悅耳動人的笛聲
也許桃花心木
正值枝葉茂盛

有緣再度進入府城
瞻仰台江聖賢的音容
雖然歷經二十一春秋
黑色牛角材質依然
溫潤如初
所有季節核銷
都能於歲末寒冬
如期完成

這些歲月累積的痕跡
恰如慈悲喜捨間
甘之如飴外
另有見證莘莘學子
霑濡智慧
順利成長茁壯的喜悅

＊後記：這枚印鑑是一九九七年初任校長時所刻。至今已屆滿二十一年，準備進入第二十二年。從此印鑑蓋出去的教職員工薪資以億算計。

從一張文學地圖說起——

蕭壠鹽分地帶文學館
（佳里、七股、西港、將軍、學甲、北門）

那年蕭壠文化園區喜氣洋洋地
舉辦世界糖果文化節
這時，鹽分地帶文學館就此展現
前輩作家如何在大河時代
像壓不扁的玫瑰
讓汗水混雜鹹濕的海水味道
彰顯雅園聚會所標榜的人文精神
守護黑面琵鷺與黑腹燕鷗
遷徙憩息的地帶
永遠保有當初為鄉土奮戰
為心目中的生命理念紮根
宛如苦楝花開
淡紫色的容顏裏
我們曾經佇足過
白鷺鷥與木麻黃的棲地

瞭望秋天的田園啊
思索是否有人
落籍異鄉拓荒時
老莊哲思也可融和
鄉土心與大地情
飄盪著濃郁的胡麻油香
冒雨前去施琅跑馬的業地
觀賞綠汕帆影的景色

雖然從文學地圖窺見
保生大帝的藥籤
挽救不回季節輪替的後遺症
唯能與四時合其序
期許最後一顆種籽
能在貧瘠的土地上

繼續萌長茁壯
等待大地回春後
處處驚見蜀葵花海中
誰能栽植青翠的大蒜
並且發現朝思暮想的虱目魚
怎樣在魚網追趕捕捉前
覺悟有情眾生
多少紅塵逸趣呢

＊註：鹽分地帶文學館籌備作家：陳艷秋。

＊後記：驚見文學地圖中學甲鎮文學作家獨剩我一人，其餘皆已凋零。除了震撼之外，漸漸能體悟金剛經所言：一切有為法，如夢幻泡影，如露亦如電，應作如是觀。

地方大代誌

一九九七・三・二十
（左鎮、關廟、學甲、
佳里、鹽水、下營）

噶居寺從伊犁的部落
隨著達賴喇嘛祈福咒語
遷徙、轉世，避居於
遭受村民封堵的山巒壑谷

關帝廟旁吸膠、沉淪的少年呢
因私設管路而挖斷電纜線
在簽押離婚證書
拿不到贍養費後
口蹄疫暴斃的豬群
便驅使股市感染流行性感冒
撲殺、防疫、掩埋總動員之下
鏈球菌的病毒併發
高燒，食慾不振或敗血症

販賣豬肉出身，鎮長伯被約談到案
調查整個採購過程有無弊端
如蟄伏叢林的大蟒蛇，冬眠在
民族舞蹈翩翩飛昇的美姿裏
並且邀請家長搭乘
教育改革列車，體會如何照顧孩童
避免顏面神經再度遭受損傷

或則專精大氣物理學
儒者從政的縣太爺，冒雨追索
風災補助款怎樣自科學園區
發飆至鹽水岸內糖廠之文藝季
讓元宵節殘留的蜂炮暨千年
老樹低垂的氣根
慢慢汲取地層底部，清純甘甜

尚未鹹化的淡水資源
而玄天上帝竟能顯靈鑿掘出：
古錢、漢玉與青花陶瓷
宛若焚化爐參觀活動舉牌抗議時
雲門舞集與紅樓夢的肢體語言
在通識課程彈性設計中
準備實習婚姻生活裏
男女互相溝通、扶攜的
基礎理論，同時編寫試驗報告

台灣國風記趣

（後壁、佳里興）

六月茉莉調自潭仔墘的甘蔗園
飄來風趣有情有義，令人緬懷
遐思之歌謠，迴繞在
綠油油、茂盛的稻田裏
好像佇候後壁溝，相約結紮
號頭時，驀然望見
鴨母跌落水田，或鐵樹
開放於牡丹花叢

鹽漬銹蝕的銅錢呢？也祇能
在昏沉黝暗的房間，靜聽瓦厝後院
傳回山林歸鳥清脆之鳴音，陪伴
斑剝的老月琴，飲啜於
盈滿玉蘭花馥郁濃香的蠔罩內

試問事隔多年
含笑拍莓的花蕊
宛然竹筍逢春萌芽

＊後記：初任校長（一九九七年）三月餘，曾力邀詩人黃勁連蒞校專題演講，全校師生陶醉在台灣國風詩情畫意的有情境界裏，試圖透過精采的文學饗宴，提升文化氣息，以達到儒雅的教育目標。

臺南映象

「臺南作家作品集」第八輯 06

作　　者／謝振宗
總　　監／葉澤山
編輯委員／李若鶯、陳昌明、陳萬益、張良澤、廖振富
行政編輯／何宜芳、申國艷
社　　長／林宜澐
總 編 輯／廖志墭
編輯協力／林韋聿、謝佩璇
企　　劃／彭雅倫
封面設計／黃子欽
內文排版／藍天圖物宣字社

出　　版／蔚藍文化出版股份有限公司
地址：10667 臺北市大安區復興南路二段 237 號 13 樓
電話：02-22431897
臉書：https://www.facebook.com/AZUREPUBLISH/
讀者服務信箱：azurebks@gmail.com

臺南市政府文化局
地址：
永華市政中心：70801 臺南市安平區永華路 2 段 6 號 13 樓
民治市政中心：73049 臺南市新營區中正路 23 號
電話：06-6324453
網址：http：// culture.tainan.gov.tw

總 經 銷／大和書報圖書股份有限公司
地址：24890 新北市新莊區五工五路 2 號
電話：02-8990-2588

法律顧問／眾律國際法律事務所　著作權律師／范國華律師
電話：02-2759-5585　網站：www.zoomlaw.net

印　　刷／世和印製企業有限公司
定　　價／新臺幣 360 元
初版一刷／ 2019 年 11 月

ISBN 978-986-98090-6-1
GPN 1010801496
臺南文學叢書 L117 ｜局總號 2019-501 ｜臺南作家作品集 53

國家圖書館出版品預行編目（CIP）資料

臺南映象 / 謝振宗著 . -- 初版 . -- 臺北市 : 蔚藍文化 ; 臺南市 : 南市文化局 , 2019.11
面；　公分 . --（臺南作家作品集 . 第 8 輯 ; 6）
ISBN 978-986-98090-6-1（平裝）

863.51　　108014807

臺南作家作品集　全書目

● 第一輯				
1	我們	・黃吉川 著	100.12	180 元
2	莫有無一心情三印一	・白聆 著	100.12	180 元
3	英雄淚一周定邦布袋戲劇本集	・周定邦 著	100.12	240 元
4	春日地圖	・陳金順 著	100.12	180 元
5	葉笛及其現代詩研究	・郭倍甄 著	100.12	250 元
6	府城詩篇	・林宗源 著	100.12	180 元
7	走揣臺灣的記持	・藍淑貞 著	100.12	180 元
● 第二輯				
8	趙雲文選	・趙雲 著 ・陳昌明 主編	102.03	250 元
9	人猿之死一林佛兒短篇小說選	・林佛兒 著	102.03	300 元
10	詩歌聲裡	・胡民祥 著	102.03	250 元
11	白髮記	・陳正雄 著	102.03	200 元
12	南鵲是我，我是南鵲	・謝孟宗 著	102.03	200 元
13	周嘯虹短篇小說選	・周嘯虹 著	102.03	200 元
14	紫夢春迴雪蝶醉	・柯勃臣 著	102.03	220 元
15	鹽分地帶文藝營研究	・康詠琪 著	102.03	300 元
● 第三輯				
16	許地山作品選	・許地山 著 ・陳萬益 編著	103.02	250 元
17	漁父編年詩文集	・王三慶 著	103.02	250 元
18	烏腳病庄	・楊青矗 著	103.02	250 元
19	渡鳥一黃文博臺語詩集 1	・黃文博 著	103.02	300 元
20	噍吧哖兒女	・楊寶山 著	103.02	250 元
21	如果・曾經	・林娟娟 著	103.02	200 元
22	對邊緣到多元中心：台語文學 ê 主體建構	・方耀乾 著	103.02	300 元
23	遠方的回聲	・李昭鈴 著	103.02	200 元
● 第四輯				
24	臺南作家評論選集	・廖淑芳 主編	104.03	280 元
25	何瑞雄詩選	・何瑞雄 著	104.03	250 元
26	足跡	・李鑫益 著	104.03	220 元

27	爺爺與孫子	・丘榮襄 著	104.03	220 元
28	笑指白雲去來	・陳丁林 著	104.03	220 元
29	網內夢外一臺語詩集	・藍淑貞 著	104.03	200 元

● **第五輯**

30	自己做陀螺一薛林詩選	・薛林 著 ・龔華 主編	105.04	300 元
31	舊府城・新傳講一歷史都心文化園區傳講人之訪談札記	・蔡蕙如 著	105.04	250 元
32	戰後臺灣詩史「反抗敘事」的建構	・陳瀅州 著	105.04	350 元
33	對戲，入戲	・陳崇民 著	105.04	250 元

● **第六輯**

34	漂泊的民族一王育德選集	・王育德 原著 ・呂美親 編譯	106.02	380 元
35	洪鐵濤文集	・洪鐵濤 原著 ・陳曉怡 編	106.02	300 元
36	袖海集	・吳榮富 著	106.02	320 元
37	黑盒本事	・林信宏 著	106.02	250 元
38	愛河夜遊想當年	・許正勳 著	106.02	250 元
39	台灣母語文學：少數文學史書寫理論	・方耀乾 著	106.02	300 元

● **第七輯**

40	府城今昔	・龔顯宗 著	106.12	300 元
41	台灣鄉土傳奇 二集	・黃勁連 編著	106.12	300 元
42	眠夢南瀛	・陳正雄 著	106.12	250 元
43	記憶的盒子	・周梅春 著	106.12	250 元
44	阿立祖回家	・楊寶山 著	106.12	250 元
45	顏色	・邱致清 著	106.12	250 元
46	築劇	・陸昕慈 著	106.12	300 元
47	夜空恬靜一流星 台語文學評論	・陳金順 著	106.12	300 元

● **第八輯**

48	太陽旗下的小子	・林清文 著	108.11	380 元
49	落花時節：葉笛詩文集	・葉笛 著 ・葉蓁蓁、葉瓊霞 編	108.11	360 元
50	許達然散文集	・許達然 著 ・莊永清 編	108.11	420 元
51	陳玉珠的童話花園	・陳玉珠 著	108.11	300 元
52	和風 人隨行	・陳志良 著	108.11	320 元
53	臺南映象	・謝振宗 著	108.11	360 元
54	天光雲影【籤詩現代版】	・林柏維 著	108.11	300 元